# 湘西

沈从文 著

图书在版编目（CIP）数据

湘西 / 沈从文著. —南京：江苏凤凰文艺出版社，2020.6（2022.9 重印）

ISBN 978-7-5594-4370-0

Ⅰ.①湘… Ⅱ.①沈… Ⅲ.①散文集-中国-现代 Ⅳ.①I266

中国版本图书馆 CIP 数据核字（2019）第 286104 号

# 湘西

沈从文 著

| 出 版 人 | 张在健 |
| --- | --- |
| 策 划 | 汪修荣 |
| 统 筹 | 张 黎 |
| 责任编辑 | 傅一岑 |
| 助理编辑 | 张 婷 |
| 封面设计 | 马海云 |
| 责任印制 | 刘 巍 |
| 出版发行 | 江苏凤凰文艺出版社 |
| | 南京市中央路 165 号，邮编：210009 |
| 网 址 | http://www.jswenyi.com |
| 印 刷 | 苏州市越洋印刷有限公司 |
| 开 本 | 787 毫米×1092 毫米 1/32 |
| 印 张 | 6.125 |
| 字 数 | 140 千字 |
| 版 次 | 2020 年 6 月第 1 版 |
| 印 次 | 2022 年 9 月第 2 次印刷 |
| 书 号 | ISBN 978-7-5594-4370-0 |
| 定 价 | 39.80 元 |

江苏凤凰文艺版图书凡印刷、装订错误，可向出版社调换，联系电话025-83280257

# 目录

- 001 **湘西**
- 003 题记
- 008 引子
- 013 常德的船
- 023 沅陵的人
- 035 白河流域几个码头
- 042 泸溪·浦市·箱子岩
- 051 辰溪的煤
- 056 沅水上游几个县分
- 066 凤凰
- 082 苗民问题

- 085 **附录**
- 087 市集
- 091 街
- 095 小船上的信

| | |
|---|---|
| 098 | 水手们——三三专利读物 |
| 102 | 河街想象 |
| 104 | 忆麻阳船 |
| 106 | 鸭窠围清晨 |
| 110 | 滩上挣扎 |
| 116 | 横石和九溪 |
| 122 | 历史是一条河 |
| 125 | 泸溪黄昏 |
| 127 | 过新田湾 |
| 131 | 一个传奇的本事 |
| 150 | 芷江县的熊公馆 |
| 160 | 新湘行记——张八寨二十分钟 |
| 168 | 凤凰观景山 |
| | |
| 172 | 我的写作与水的关系 |
| 176 | 《湖南的西北角》序言 |
| 181 | 《湘西散记》序 |

# 湘 西

# 题　记

　　我这本小书只能说是湘西沅水流域的杂记，书名用"沅水流域识小录"，似乎还切题一点。因为湘西包括的范围甚宽，接近鄂西的桑植、大庸、慈利、临澧各县应当在内，接近湘南的武冈、安化、绥宁、通道各县也可以在内。不过一般记载说起湘西时，常常不免以沅水流域各县作主体，就是如地图所指，西南公路沿沅水由常德到晃县一段路，本文在香港《大公报》发表时，即沿用这个名称，因此现在并未更改。

　　这是古代荆蛮由云梦洞庭湖泽地带被汉人逼迫退守的一隅。地有五溪[①]，"五溪蛮"的名称即由此而来，传称马援征蛮，困死于壶头山。壶头山在沅水中部，因此沅水流域每一县城都有一伏波宫。春秋时被放逐的楚国诗人屈原，驾舟溯流而上，许多地方还约略可以推测得出。便是这个伟大诗人用作题材的山精洞灵，篇章中常借喻的臭草香花，也俨然随处可以发现。尤其是与《楚辞》不可分的酬神宗教仪式，据个人私意，如用凤凰县大傩酬神仪式作根据，加以研究比较，必尚有好些事可以由今会古。土司制度为中国边远各

---

[①] 五溪：指沅水上游及其支流——酉水、巫水、武水、辰水、沅水流域。五溪的具体所指，也有不尽相同的说法。

省统治制度之一种，五代时马希范与土司夷长立约的铜柱，现今还矗于酉水中部河岸边，地临近青鱼潭，属永顺县管辖。酉水流域几个县分，至今就还遗留下一些过去土司统治方式，可作专家参考。屯田练勇为清代两百年来治苗方策，且是产业共有共享一种雏形试验，民国以来，苗民常有问题，问题便与屯田制度的变革有关，与练勇事似二而一。所以一个行政长官，一个史学者，一个社会问题专家，对这地方的过去，当前，未来如有些关系，或不缺少兴味，更不能不对这地方多有些了解。

又如战争一起，我们南北较好的海口和几条重要铁路线，都陆续失去了，谈建国复兴，必然要从地面的经营和地下的发掘作起。湘西人常自以为极贫穷，不时且不免因此发生"自卑自弃"感觉，俨若凡事为天所限制，无可奈何。事实上，湘西的桐油、茶叶，都有很好的出产。地下的煤铁，虽不如外人所传说富厚，至于特殊金属，如锑、砒、银、钨、锰、汞、金，地下蕴藏都相当多。尤其是经最近调查，几个金矿的发现，藏金量之丰富，与矿床之佳好，为许多专家所想象不到。湘西虽号称偏僻，在千年前的《桃花源记》被形容为与世隔绝的区域，可是到如今，它的地位也完全不同了。西南公路由此通过，贯串了四川，贵州，云南，广西的交通。并且战争已经到了长江中部，有逐渐向内地转移可能。湘西的咽喉为常德，地当洞庭湖口，形势重要，在沿湖各县数第一。敌如有心冒险西犯，这咽喉之地势所必争，将来或许会以常德为据点，作攻川攻黔准备。我军战略若系将主力离开铁路线，诱敌入山地，则湘西沅水流域必成为一个大战场，——一个战场，换一句话，也就是一片瓦砾场！"未来"湘西的重要，显而易见。然而这种"未来"是与"过去""当前"不可分的。对于这个地方的"过去"和"当前"，我们是不是还应当多知道一点点？还值得多知道一点点？据个人意见，对于湘西各方面的知识实在都十分需要，任何部门的专家，或是一个较细心谨慎的新闻记者，用"湘西"作题材，写成他的著作，不问这作品性质是特殊的或一般的，我相信，都重要而有价值。因为一种比较客观的记载，纵简略而多缺点，依然无害于事，它多多少少可以帮助他人对于湘西的认识。至于我这册小书，在本书第一章上即说得明明白白：只能说是一点"土仪"，一个湘西人对于来到湘西或关心湘西的朋友们所作的一种芹献。我的目的只在减少旅行者不必有的忧虑，补充他一些不可免的好奇心，以及给他一点来到湘西为安全和快乐应当需要的常识，并希望这本小书的读者，在掩卷时，能对这边鄙之地给予少许值得给予的同情，就算是达到写作目的了。若这本小书还可对这些专家或其他同乡前辈成为一种"抛砖引玉"的工作，那更是我意外的荣幸。

我生长于凤凰县，十四岁后在沅水流域上下千里各个地方大约住过七年，我的青年人生教育恰如在这条水上毕的业。我对于湘西的认识，自然较偏于人事方面。活在这片土地上的老幼贵贱，生死哀乐种种状况，我因性之所近，注意较多。去乡约十五年，去年回到沅陵看看，新陈代谢，人事今昔情形不同已很多。然而另外又似乎有些情形还是一成不变。我心想：这些人被历史习惯所范围，所形成的一切若写它出来，当不是一种徒劳！因为在湘西我大约见过两百左右年青同乡，谈起国家大事、文坛掌故、海上繁华时，他们竟像比我还知道的很多。至于谈起桑梓情形，却茫然发呆。人人都知道说地方人不长进，老年多顽固堕落，青年多虚浮繁华，地方政治不良，苛捐杂税太多。可是都人云亦云，不知所谓。大家对于地方坏处缺少真正认识，对于地方好处更不会有何热烈爱好。即从青年知识分子一方面观察，不特知识理性难抬头，情感勇气也日见薄弱。所以当我拿笔写到这个地方种种时，本人的心情实在很激动，很痛苦。觉得故乡山川风物如此美好，一般人民如此勤俭耐劳，并富于热忱与艺术爱美心，地下所蕴聚又如此丰富，实寄无限希望于未来。因此这本书的最好读者，也许应当是生于斯，长于斯，将来与这个地方荣枯永远不可分的同乡。

　　湘西到今日，生产，建设，教育，文化，在比较之下，事事都显得落后，一般议论常认为是"地瘠民贫"，这实在是一句错误的老话。老一辈可以藉着解嘲，年轻人决不宜用此卸责。二十岁以下的年轻人必需认识清楚：这是湘西人负气与自弃的结果！负气与自弃本来是两件事，前者出于山民的强悍本性，后者出于缺少知识养成的习惯；两种弱点合而为一，于是产生一种极顽固的拒他性，不仅仅对一切进步的理想加以拒绝，便是一切进步的事实，也不大放在眼里。譬如就湘西地方商业而论，规模较大的出口货如桐油、木材、烟草、茶叶，进口货如棉纱、煤油、烟卷、食盐、五金，就无不操纵在江西帮，汉口帮商人手里，湘西人是从不过问的。湘西人向外谋出路时，人自为战，与社会环境奋斗的精神，很得到国人尊敬，至于集团的表现，遵循社会组织，从事各种近代化企业竞争，就不大如人。因此在政治上虽产生过熊希龄、宋教仁，多独张一帜，各不相附。军人中出过傅良佐、田应诏、蔡钜猷，对于湖南却无所建树。读书人中近二十年来更出了不少国内知名专门学者，然而沅水流域二十县，到如今却并一个像样的中学还没有！各县虽多财主富翁，这些人的财富，除被动的派捐绑票，自动的嫖赌逍遥，竟似乎别无更有意义的用途。这种长于此而拙于彼，也精明能干，也胡涂到家的情形，无一不是负气与自弃结果。负气与自弃影响到政治方面，则容易有"马上得天下，马上治之"观念，少弹性，少膨胀性，少黏附团结性，少随时代应有的变通性。影响到普遍社会方面，则一切容易趋于保守，对任何改革都无热情，难兴奋，凡事惟以拖拖混混为原则，以不相信不合作保持负气，表现自弃。这自然不成的！负气与自弃使湘西地方被称为苗蛮匪区，湘西人被称为苗蛮土匪，这是湘西人的羞辱，每个人都有滁除这羞辱的义务！天时地利待湘西人并不薄，湘西人所宜努力的，是肯虚心认识人事上的弱点，并有勇气改善这些弱点。第一是自尊心的培养，特别值得注意。因即以游侠者精神而论，若缺少自尊心，便不会成为一个大脚色。何况年青人将来对地方对历史的责任，远比个人得失荣辱为重要。

　　日月交替，因之产生历史。民族兴衰，事在人为。屈宋文章，曾左勋业，遗芳余烈，去今犹未甚远。我这本小书所写到的各方面现象，和各种问题，虽极琐细平凡，在一个有心人看来，说不定还有一点意义，值得深思！

（原载1939年1月昆明《今日评论》第1卷第2期）

# 引　子

　　战事一延长，不知不觉间增加了许多人地理知识。另外一时，我们对于地图上许多许多地名，都空空泛泛，并无多少意义，也不能有所关心。现在可不同了。一年来有些地方，或因为敌我两军用炮火血肉争夺，或因为个人需从那里过身，都必然重新加以注意。例如丰台，台儿庄，富阳，嘉善，南京或长沙，这里或那里，我们好像全部十分熟习。地方和军事有关，和交通有关，它的形势，物产，多多少少且总给我们一些概念。所以当前一个北方人，一个长江下游人，一个广东人（假定他是读书的），从不到过湖南，如今拟由长沙，经湘西，过贵州，入云南，人到长沙前后，自然从一般记载和传说，对湘西有如下几种片段印象或想象：

　　（一）湘西是个苗区，同时又是个匪区。妇人多会放蛊①，男子特别欢喜杀人。

　　（二）公路极坏，地极险，人极蛮，因此旅行者通过，实在冒两重危险，若想住下，那简直是探险了。

　　（三）地方险有险的好处，车过武陵，就是《桃花源记》上所说的渔人本家。武陵上面是桃源县，就是"桃花源"，说不定还有

---

　　① 放蛊：蛊，相传一种人工培养的毒虫。放蛊即施放蛊虫以害人。

避秦的遗民，可以招待客人。经过辰州，那地方出辰州符，出辰砂。且有人会赶尸。若眼福好，必有机会见到一群死尸在公路上行走，汽车近身时，还知道避让路旁，完全同活人一样！

（四）地方文化水准极低，土地极贫瘠，人民蛮悍而又十分愚蠢。

这种打算似乎十分可笑，可是有许多人就那么心怀不安与好奇经过湘西。经过后一定还有人相信传说，不大相信眼睛。这从许多过路人和新闻记者的游记或通信就可看出。这种游记和通信刊载出来时，又给另外一些陌生人新的幻觉与错觉，因此湘西就在这种情形中成为一个特殊区域，充满原始神秘的恐怖，交织野蛮与优美，换言之，地方，人与物，由外面人眼光中看来俱不可解。造成这种印象的，最先自然是过去游宦的外来人，一瞥而过，作成的荒唐记载，其次便是到过湘西来作官作吏，因贪污搜括不遂，或因贪污搜括吃过地方人的苦头这种人的传说。因为大家都不明白湘西，所以谈文化史的陈序经先生，在一篇讨论研究西南文化的文章里，说及湖南苗民时，就说"八十年前湖南还常有苗患，然而湖南苗民在今日已不容易找出来"（见《新动向》二期）。陈先生是随同西南联合大学在长沙住过好几个月的，既不知道湘西还有几县地方，苗民占全县人口比例到三分之二以上，更不注意湘主席何键的去职，荣升内政部长，就是苗民"反何"作成的。一个专家对于湘西尚如此隔膜，别的人可想而知了。

本文的写作，和一般游记通讯稍微不同。作者是本地人，可谈的问题极多，譬如矿产，农村，教育，军事，一切大问题，然而这些问题，这时节不是谈它的时节。现在仅就一个旅行者沿湘黔公路所见，下车时容易触目，住下时容易发生关系，谈天时容易引起辩论，这一类琐细小事，分别写点出来，作为关心湘西各种问题或对湘西还有兴味的过路人一分"土仪"。如能对于旅行者减少一点不必有的忧虑，补充一点不可免的好奇心，此外更能给他一点常识——对于旅行者到湘西来安全和快乐应当需要的常识，或一点同情，对这个边鄙之地值得给予的同情，就可说是已经达到拿笔的目的了。

一个外省人想由公路乘车入滇，总得在长沙候车，多多少少等些日子。长沙人的说话，以善于扩大印象描绘见长，对于湘西的印象，不外把经验或传闻复述一次。杀人放火，执枪弄刀，知识简陋，地方神秘，如此或如彼，叙说的一定有声有色。看看公路局的记名簿，轮到某某买票上车了，于是这个客人担着一分忧虑，怀藏一点好奇心，由长沙上车，一离城区就得过渡，待渡时，对长沙留下的印象，在饮食方面必然是大盘，大碗，大调羹和大筷子。私人住宅门墙上园庐名称字样大，商店铺子门面招牌也异常大，东东西西都大——正好像一切东西都放大了，凡事不能例外，所以购买什物时，作生意人的脾气也特别大，（尤其是洋货铺对于探头探脑想买点什么的乡下人，邮局的办事员对于普通人，……）为一点点小事大吵大骂，到处可见。也许天时阴雨太多了一点，发扬的民族性与古怪的天气相冲突，结果便表现于这些触目可见的问题上。长沙出名的是湘绣，湘绣中合乎实用的是被面，每件定价六十四元到一百二十元，事实上给他十五元，交易就办好了。虚价之大也是别地方少有的。在人事方面，却各凭机会各碰运气，或满意，或失望。最容易放在心上的，必然是前主席一筹防空捐，六百万元不费力即可收齐，说明湖南并不十分穷。现主席拟用五万年青学生改造地方政治，证明湖南学生相当多。地方气候虽如汉朝贾谊所说，卑湿多雨，人物如屈原所咏，臭草与香花杂植，无论如何总会给人一种活泼兴旺印象。市面活泼也许是装潢的，政治铺排也许是有意为之的，然而地方决不是死气沉沉的。时代若流行标语口号，他的标语口号会比别的地方大得多，响亮得多，前进得多。（北伐后马日事变前可以作例。）时代若略略向回头路走，中国老迷信有露面机会，那么，和尚、道士、同善社、佛学会，无不生意兴隆，号召广大。（清党后全省军人忽然佛化，可以作例。）过路人只要肯留心一看，就可到处看出夸张，这点夸张纵与地方真实进步无关，与市面繁荣可大有关系。长沙是个并未完全工业化的半老都城，然而某几种手工业，如刺绣、鞭炮、雨伞、夏布，不特可供给本省需要，还可向外埠夺取市场。矿产与桐油木材，更增加本省的财富与购买力。所以外来丝织品、毛织品及奢侈品，也可在省会上得到广大的出路。民气既发扬，政治上负责的只要肯办事，会办事，什么事都办得通。目前它在动，在变，在发展，人和物无不如此。

汽车过河后，长沙地方和旅行者离远了。爆竹声，吵骂声，交通器具嘈杂声，慢慢的在耳根边消失了。汽车上了些山，转了些弯，窗外光景换了新样子。且还继续时时在变幻。平田角一栋房子，小山头三株树，干净洒脱处，一个学中国画的旅客当可会心于新安派的画上去。旅行者会觉得车是向湘西走去，向那个野蛮而神秘，有奇花异草与野人神话的地方走去，添上一分奇异的感觉，杂糅愉快与惊奇。且一定以为这里将如此如此，那里必如此如此。可是这种担心显然是白费的，因为益阳和宁乡，给过路人的印象都不是旅行者所预料得到的。公路坦平而宽阔，有些地方可并行四辆卡车，经雨后路面依然很好，路旁树木都整齐如剪。两旁田亩如一块块毯子，形色爽人心目。小山头全种得是马尾松和茶树栎树，著名的松菌、茶油和白炭，就出于这些树木。如上路适当三月里，还到处可见赤如火焰的杜鹃花，在斜风细雨里听杜鹃鸟在山谷里啼唤！有人家处多丛竹绕屋，竹干带斑的，起云的，紫黑的，中节忽然胀大的，北方人当作宝贝的各种竹科植物，原来这地方乡下小孩子正拿它来赶猪赶鸭子。小孩子眼睛光明，聪明活泼，驯善柔和处，会引起旅行者的疑心：这些小东西长大时就会杀人放蛊？或者不免有点失望，因为一切人和物都与理想中的湘西的野蛮光景不大相称。或者又觉得十分满意，因为一切和江浙平原相差不多，表现的是富足，安适，无往不宜。

可是慢慢的看吧。对湘西下断语太早了一点不相宜。我们应当把武陵以上称为湘西，它的个性特性方能见出。由长沙到武陵，还得坐车大半天！也许车辆应当在那个地方休息，让我们在车站旁小旅馆放下行李，过河先看看武陵，一个词章上最熟习的名称。

# 常德的船

常德就是武陵，陶潜的《搜神后记》上《桃花源记》说的渔人老家，应当摆在这个地方。德山在对河下游，离城市二十余里，可说是当地惟一的山。汽车也许停德山站，也许停县城对河另一站。汽车不必过河，车上人却不妨过河看看这个城市的一切。地理书上告给人说这里是湘西一个大码头，是交换出口货与入口货的地方。桐油、木料、牛皮、猪肠子和猪鬃毛，烟草和水银，五倍子和鸦片烟，由川东、黔东、湘西各地用各色各样的船只装载到来，这些东西全得由这里转口，再运往长沙、武汉的。子盐、花纱、布匹、洋货、煤油、药品、面粉、白糖，以及各种轻工业日用消费品和必需品，又由下江轮驳运到，也得从这里改装，再用那些大小不一的船只，分别运往沅水各支流上游大小码头去卸货的。市上多的是各种庄号。各种庄号上的坐庄人，便在这种情形下成天如一个磨盘，一种机械，为职务来回忙。邮政局的包裹处，这种人进出最多。长途电话的营业处，这种坐庄人是最大主顾。酒席馆和妓女的生意，靠这种坐庄人来维持。

除了这种繁荣市面的商人，此外便是一些寄生于湖田的小地主，作过知县的小绅士，各县来的男女中学生，以及外省来的参加这个市面繁荣的掌柜、伙计、乌龟、王八。全市人口过十万，街道延长近十里，一个过路人到了这个城市中时，便会明白这个湘西的咽喉，真如所传闻，地方并不小。可是却想不到这咽喉除吐纳货物和原料以外，还有些什么东西。作这种吐纳工作，责任大，工作忙，性质杂，又是些什么人。假若一旦没有了他们，这城市会不会忽然成为河边一个废墟？这种人照例触目可见，水上城里无一不可以碰头，却又最容易为旅行者所疏忽。我想说的是真正在控制这个咽喉，支配沅水流域的几万船户。

这个码头真正值得注意令人惊奇处，实也无过于船户和他所操纵的水上工具了。要认识湘西，不能不对他们先有一种认识。要欣赏湘西地方民族特殊性，船户是最有价值材料之一种。

一个旅行者理想中的武陵，渔船应当极多。到了这里一看，才知道水面各处是船只，可是却很不容易发现一只渔船。长河两岸浮泊的大小船只，外行人一眼看去，只觉得大同小异。事实上形制复杂不一，各有个性，代表了各个地方的个性。让我们从这方面来多知道一点点，对于我们也许有些便利处。

船只最触目的三桅大方头船，这是个外来客，由长江越湖来的，运盐是它主要的职务，它大多数只到此为止，不会向沅水上游走去。普通人叫它做"盐船"，名实相副。船家叫它做"大鳅鱼头"，《金陀粹编》[①] 上载岳飞在洞庭湖水擒杨幺故事，这名字就见于记载了，名字虽俗，来源却很古。这种船只大多数是用乌油漆过，所以颜色多是黑的。这种船按季候行驶，因为要大水大风方能行动。杜甫诗上描绘的"洋洋万斛船，影若扬白虹"，也许指的就是这种水上东西。

---

① 《金陀粹编》：书名，南宋岳珂编，为岳飞传记的资料汇编。

比这种盐船略小，有两桅或单桅，船身异常秀气，头尾突然收敛，令人入目起尖锐印象，全身是黑的，名叫"乌江子"。它的特长是不怕风浪，运粮食越湖。它是洞庭湖上的竞走选手。形体结构上的特点是桅高、帆大、深舱、锐头。盖舱篷比船身小，因为船舷外还有护舱板。弄船人同船只本身一样，一看很干净，秀气斯文。行船既靠风，上下行都使帆，所以帆多整齐，船上用的水手不多，仅有的水手会拉篷、摇橹、撑篙，不会荡桨——这种船上便不常用桨。放空船时妇女还可代劳掌舵。这种船间或也沿河上溯，数目极少，船身材料薄，似不宜于冒险。这种船在沅水流域也算是外来客。

　　在沅水流域行驶，表现得富丽堂皇，气象不凡，可称为巨无霸的船只，应当数"洪江油船"。这种船多方头高尾，颜色鲜明，间或且有一点金漆装饰。尾艄有舵楼，可以安置家眷。大船下行可载三四千桶桐油，上行可载两千件棉花，或一票食盐。用橹手二十六人到四十人，用纤手三十人到六七十人。必待春水发后方上下行驶，路线系往返常德和洪江。每年水大至多上下三五回，其余大多时节都在休息中，成排结队停泊河面，俨然是河上的主人。船主照例是麻阳人，且照例姓滕，善交际，礼数清楚。常与大商号中人拜把子，攀亲家。行船时站在船后檀木舵把边，庄严中带点从容不迫神气，口中含了个竹马鞭短烟管，一面看水，一面吸烟。遇有身份的客人搭船，喝了一杯酒后，便向客人一五一十叙述这只油船的历史，载过多少有势力的军人、阔佬，或名驰沅水流域的妓女。换言之，就是这只船与当地"历史"发生多少关系！这种船只上的一切东西，无一不巨大坚实。船主的装束在船上时看不出什么特别处，上岸时却穿长袍（下脚过膝三四寸），罩青羽绫马褂，戴呢帽或小

湘　西　015

缎帽，佩小牛皮抱肚，用粗大银链系定，内中塞满了银元。穿生牛皮靴子，走路时踏得很重。个子高高的，瘦瘦的。有一双大手，手上满是黄毛和青筋。会喝酒，打牌，且豪爽大方，吃花酒应酬时，大把银元钞票从抱肚掏出，毫不吝啬。水手多强壮勇敢，眉目精悍，善唱歌、泅水、打架、骂野话。下水时如一尾鱼，上岸接近妇人时像一只小公猪。白天弄船，晚上玩牌，同样做得极有兴致。船上人虽多，却各有所事，从不紊乱。舱面永远整洁如新。拔锚开头时，必擂鼓敲锣，在船头烧纸烧香，煮白肉祭神，燃放千子头鞭炮，表示人神和乐，共同帮忙，一路福星。在开船仪式与行船歌声中，使人想起两千年前《楚辞》发生的原因，现在还好好的保留下来，今古如一。

比洪江油船小些，形式仿佛也较笨拙些（一般船只用木板作成，这种船竟像用木柱作成），平头大尾，一望而知船身十分坚实，有斗拳师的神气，名叫"白河船"。白河即酉水的别名。这种船只即行驶于沅水由常德到沅陵一段，酉水由沅陵到保靖一段。酉水滩流极险，船只必经得起磕撞。船必载重方能压浪，因此尾部如臀，大而圆。下行时在船头缚大木桡两把。木桡的用处是船只下滩，转头时比舵切于实际。照水上人俗谚说"三桨不如一篙，三橹不如一桡"。桡读作招。酉水浅而急，不常用橹，篙桨用处多，因此篙多特别长大，桨较粗硕，肥而短。船篷用粽子叶编成，不涂油。船主多永顺、保靖人，姓向姓王姓彭占多数。酉水河床窄，滩流多，为应付自然，弄船人所需要的勇敢能耐也较多。行船时常用相互诅骂代替共同唱歌，为的是受自然限制较多，脾气比较坏一点。酉水是传说中古代藏书洞穴所在地，多的是高大宏敞，充满神秘的洞穴。由沅陵起到酉阳①止，沿酉水流域的每个县份总有几个洞穴。可是如沅陵的大西洞，保靖的狮子洞，酉阳的龙洞，这些洞穴纵有书籍也早已腐烂了。到如今这条河流最多的书应当是宝庆②纸客贩卖的石印本历书，每一条船上照例都有一本皇历。船家禁忌多，历书是他们行动的宝贝。河水既容易出事情，个人想减轻责任，因此凡事都俨然有天作主，由天处理，照书行事，比较心安，也少纠纷。船只出事时有所借口。酉水流域每个县份的船只，在形式上又各不相同，不过这些小船不出白河，在常德能看到的白河油船，形体差不多全是一样。

沅水中部的辰溪县，出白石灰和黑煤，运载这两种东西的本地船叫做"辰溪船"，又名"广舶子"。它的特点和上述两种船只比较起来，显得材料脆薄而缺少个性。船身多是浅黑色，形状如土布机上的梭子，款式都不怎么高明。下行多满载这些不值钱的货，上行因无回头货便时常放空。船身脏，所运货又少时间性，满载下驶，危险性多，搭客不欢迎，因之弄船人对于清洁、时间就不甚关心。这种船上的席篷照例是不大完整的，布帆是破破碎碎的，给人印象如同一个破落户。弄船人因闲而懒，精神多显得萎靡不振。

洞河（即泸溪）发源于乾城苗乡大小龙潭，和凤凰苗乡乌巢河。两条小河在乾城县的所里市相汇。向东流，到泸溪县，方和沅水同流。在这条河里的船就叫"洞河船"。河源由苗乡梨林地方两个洞穴中流出，河床是乱石底子，所以水特别清，水性特别猛。船身必需从撞磕中挣扎，河身既小，船身也较轻巧。船舷低而平，船

---

① 酉阳：县名。属四川省，与湘西龙山、保靖县接壤。
② 宝庆：即今邵阳。

头窄窄的。在这种船上水手中,我们可以发现苗人。不过见着他时我们不会对他有何惊奇,他也不会对我们有何惊奇。这种人一切和别的水上人都差不多,所不同处,不过是他那点老实、忠厚、纯朴、戆直性情——原人的性情,因为住在山中,比城市人保存得多点罢了。乾城人极聪明文雅,小手小脚小身材,唱山歌时嗓子非常好听,到码头边时,可特别沉默安静。船只太小了不常有机会到这大码头边靠船。这种船停泊在河面时似乎很羞怯,正如水手们上街时一样羞怯。

乾城用所里作本县吐纳货物的水码头。地方虽不大,小小石头城却很整齐干净,且出了几个近三十年来历史上有名姓的人物。段祺瑞时代的陆军总长傅良佐将军,是生长在这个小县城里的。东北军宿将,国内当前军人中称战术权威的杨安铭将军,也是这地方人。

在河上显得极活动,极有生气,而且数量极多的,是普通的中型"麻阳船"。这种船头尾高举,秀拔而灵便。这种船只的出处是麻阳河(即辰溪)。每只船上都可见到妇人,孩子,童养媳,弄船人一面担负商人委托的事务,一面还担负上帝派定的工作,两方面都异常称职。沅水流域的转运事业,大多数由这地方人支配,人口繁荣的结果,且因此在常德城外多了一条麻阳街。"一切成功都必需争斗",这原则也可用作麻阳街的说明。据传说,这条街是个姓滕的水手滕老九双拳打出来的。我们若有兴趣特意到那条街上走走,可知道开小铺子的,做理发店生意的,卖船上家伙的,经营不用本钱最古职业的,全是麻阳乡亲,我们就会明白,原来参加这种争斗,每人都有一份。麻阳人的精力绝伦处,或者与地方出产有点关系。麻阳出各种橘子,糯米也极好,做甜酒特别相宜。人口加多，船只也越来越多，因此沅水水面的世界，一大半是麻阳人的。大凡船只停靠处，都有叫乡亲的麻阳人。乡亲所得的便利极多，平常外乡人，坐船时于是都叫麻阳人作"乡亲"。乡亲的特点是面目精悍而性情快乐，作水手的都能吃，能做，能喝，能打架。船主上岸时必装扮成为一个小乡绅，如驾洪江油船的大老板一样穿袍穿褂，着生牛皮盘云长统钉靴，戴有皮封耳的毡帽或博士帽，手指套上分量沉重的金戒指，皮抱肚里装上许多大洋钱，短烟管上悬个老虎爪子，一端还镶包一片镂花银皮。见人就请教仙乡何处，贵府贵姓。本人大多数姓滕，名字"代富""宜贵"。对三十年来的本省政治，比起任何地方船主都熟悉、都关心。欢喜讲礼教、臧否人物，且善于称引经典格言和当地俗谚，作为谈天时章本。恭维客人时必从恭维上增多一点收入，被客人恭维时便称客人为"知己"，笑嘻嘻的请客人喝包谷子酒。妇女在船上不特对于行船毫无妨碍，且常常是一个好帮手。妇女多壮实能干，大脚大手，善于生男育女。

麻阳人中另外还有一双值得称赞的手，在湘西近百年实无匹敌，在国内也是一个少见的艺术家，是塑像师张秋潭那双手。

在常德水码头船只极小，飘浮水面如一片叶子，数量之多如淡干鱼，是专载客人用的"桃源划子"。木商与烟贩，上下办货的庄客，过路的公务员，放假的男女学生，同是这种小船的主顾。船身既轻小，上下行的速度较之其他船只快过一倍，下滩时可从边上小急流走，决不会出事。在平潭中且可日夜赶程，不会受关卡留难。因此在有公路以前，这种小小船只实为沅水流域交通利器。弄船人工作不需如何紧张，开销又少，收入却较多。装载客人且多阔佬，同时桃源县人的性格又特别随和（沅水一到桃源后就变成一片平潭，再无恶滩急流，自然影响到水上人性情很大），所以弄船人脾气就马虎得多，很多是瘾君子，白天弄船，晚上便靠灯。有些家中人说不定还留在县里，经营一种不必要本钱的职业，分工合作，都不闲散。且能作客人向导，带访桃源洞的客人到所要到的新奇地方去。

在沅水流域上下行驶，停泊到常德码头应当称为"客人"的船只，共有好几种，有从芷江上游黔东玉屏来的，有从麻阳河上游黔东铜仁来的，有从白河上游川东龙潭来的。玉屏船多就洪江转口，下行不多。龙潭船多从沅陵换货，下行不多。"铜仁船"装油碱下行的，有些庄号在常德，所以常直放常德。船只最引人注意处是颜色黄明照眼，式样轻巧，如竞赛用船。船头船尾细狭而向上翘举，舱底平浅，材料脆薄，给人视觉上感到灵便与愉快，在形式上可谓秀雅绝伦。弄船人语言清婉，装束素朴，有些水手还穿齐膝的长衣，裹白头巾，风度整洁和船身极相称。船小而载重，故下行时船舷必缚茅束挡水。这种船停泊河中，仿佛极其谦虚，一种作客应有的谦虚。然而比同样大小的船只都整齐，一种作客不能不注意的整齐。

此外，常德河面还有一种船只，数量极多，有的时常移动，有的又长久停泊。这些船的形式一律是方头、方尾、无桅、无舵。用木板作舱壁，开小小窗子，木板作顶。有些当作船主的金屋，有些又作遁逃者的窟穴。船上有招纳水手客人的本地土娼，有卖烟和糖食、小吃、猪蹄子、粉面的生意人。此外算命卖卜的，圆光关亡的，无不可以从这种船上发现。船家做寿成亲，也多就方便借这种水上公馆举行，因此一遇黄道吉日，总是些张灯结彩，响器声，弦索声，大小炮仗声，划拳歌呼声，点缀水面热闹。

常德县城本身也就类乎一只旱船，女作家丁玲，法律家戴修瓒，国学家余嘉锡，都是这只旱船上长大的。较上游的河堤比城中高得多，涨水时水就到了城边，决堤时城四围便是水了。常德沿河的长街，街市上大小各种商铺，不下数千家，都与水手有直接关系。杂货店铺专卖船上用件及零用物，可说是它们全为水手而预备的。至如油盐、花纱、牛皮、烟草等等庄号，也可说水手是为它们而有的。此外如茶馆、酒馆和那经营最素朴职业的户口，水手没有它不成，它没水手更不成。

常德城内一条长街，铺子门面都很高大（与长沙铺子大同小异，近于夸张），木料不值钱，与当地建筑大有关系。地方滨湖，河堤另一面多平田泽地，产鱼虾、莲藕，因此鱼栈莲子栈延长了长街数里。多清真教门，因此牛肉特别肥鲜。

常德沿沅水上行九十里，才到桃源县，再上行二十五里，方到桃源洞。千年前武陵渔人如何沿溪走到桃花源，这路线尚无好事的考古家说起。现在想到桃源访古的"风雅人"，大多数只好坐公共汽车去，到过了桃源，兴趣也许在彼而不在此，留下印象较深刻的东西，不是那个传说的洞穴，倒是另外一些传说所不载的较新洞穴。在桃源县想看到老幼黄发垂髫，怡然自乐的光景，并不容易。不过或者因为历史的传统，地方人倒很和气，保存一点古风。也知道欢迎客人，杀鸡作黍，留客住宿。虽然多少得花点钱，数目并不多。可是一个旅行者应当知道，这些人赠送游客的礼物，有时不知不觉太重了点，最好倒是别大意，莫好奇，更不要因为记起宋玉所赋的高唐神女，刘晨阮肇天台所遇的仙女，想从经验中去证实故事。换言之，不妨学个"老江湖"，少生事！当地纵多神女仙女，可并不是为外来读书人游客预备的，沅水流域的木竹簰商人是唯一受欢迎者。好些极大的木竹簰，到桃源后不久就无影无踪不见了，照俚话所说，是"进了桃源的洞穴"的。

政治家宋教仁，老革命党覃振①，同是桃源县人。桃源县有个省立第二女子师范学校，五四运动谈男女解放平等，最先要求男女同校，且实现它，就是这个学校的女学生。

---

① 覃振：桃源人，一九〇五年加入同盟会。辛亥革命后，曾任黎元洪秘书长与国会议员，后任国民党中央执委、宣传部长，国民党政府立法院副院长等职。

# 沅陵的人

由常德到沅陵,一个旅行者在车上的感触,可以想象得到,第一是公路上并无苗人,第二是公路上很少听说发现土匪。

公路在山上与山谷中盘旋转折虽多,路面却修理得异常良好,不问晴雨都无妨车行。公路上的行车安全的设计,可看出负责者的最大努力。旅行的很容易忘了车行的危险,乐于赞叹自然风物的美秀。在自然景致中见出宋院画的神采奕奕处,是太平铺过河时入目的光景。溪流萦回,水清而浅,在大石细沙间漱流。群峰竞秀,积翠凝蓝,在细雨中或阳光下看来,颜色真无可形容。山脚下一带树林,一些俨如有意为之布局恰到好处的小小房子,绕河洲树林边一湾溪水,一道长桥,一片烟。香草山花,随手可以掇拾。《楚辞》中的山鬼、云中君,仿佛如在眼前。上官庄的长山头时,一个山接一个山,转折频繁处,神经质的妇女与懦弱无能的男子,会不免觉得头目晕眩。一个常态的男子,便必然对于自然的雄伟表示赞叹,对于数年前裹粮负水来在这高山峻岭修路的壮丁,更表示敬仰和感谢。这是一群没灭无闻沉默不语真正的战士!每一寸路都是他们流汗作成的。他们有的从百里以外小乡村赶来,沉沉默默的在派定地方担土,打石头,三五十人躬着腰肩共同拉着个大石滚子碾压路面,淋雨,挨饿,忍受各式各样虐待,完成了分派到头上的工作。

把路修好了，眼看许多许多的各色各样希奇古怪的物件吼着叫着走过了，这些可爱的乡下人，知道事情业已办完，笑笑的，各自又回转到那个想象不到的小乡村里过日子去了。中国几年来一点点建设基础，就是这种无名英雄作成的。他们什么都不知道，可是所完成的工作却十分伟大。

单从这条公路的坚实和危险工程看来，就可知道湘西的民众，是可以为国家完成任何伟大理想的。只要领导有人，交付他们更困难的工做，也可望办得很好。

看看沿路山坡桐茶树木那么多，桐茶山整理那么完美，我们且会明白这个地方的人民，即或无人领导，关于求生技术，各凭经验在不断努力中，也可望把地面征服，使生产增加。

只要在上的不过分苛索他们，鱼肉他们，这种勤俭耐劳的人民，就不至于铤而走险发生问题。可是若到任何一个停车处，试同附近乡民谈谈，我们就知道那个"过去"是种什么情形了。任何捐税，乡下人都有一分，保甲在糟蹋乡下人这方面的努力，成绩真极可观！然而促成他们努力的动机，却是照习惯把所得缴一半，留一半。然而负责的注意到这个问题时，就说"这是保甲的罪过"，从不认为是当政的耻辱。负责者既不知如何负责，因此使地方进步永远成为一种空洞的理想。

然而这一切都不妨说已经成为过去了。

车到了官庄交车处，一列等候过山的车辆，静静的停在那路旁空阔处，说明这公路行车秩序上的不苟。虽在军事状态中，军用车依然受公路规程辖制，不能占先通过，此来彼往，秩序井然。这条公路的修造与管理统由一个姓周的工程师负责。

车到了沅陵，引起我们注意处，是车站边挑的，抬的，负荷的，推挽的，全是女子。凡其他地方男子所能做的劳役，在这地方统由女子来作。公民劳动服务也还是这种女人。公路车站的修成，就有不少女子参加。工作既敏捷，又能干。女权运动者在中国二十年来的运动，到如今在社会上露面时，还是得用"夫人"名义来号召，并不以为可羞。而且大家都集中在大都市，过着一种腐败生活。比较起这种女劳动者把流汗和吃饭打成一片的情形，不由得我们不对这种人充满尊敬与同情。

这种人并不因为终日劳作就忘记自己是个妇女，女子爱美的天性依然还好好保存。胸口前的扣花装饰，袴脚边的扣花装饰，是劳动得闲在茶油灯光下做成的。（围裙扣花工作之精和设计之巧，外路人一见无有不交口称赞。）这种妇女日常工作虽不轻松，衣衫却整齐清洁。有的年纪已过了四十岁，还与同伴竞争兜揽生意。两角钱就为客人把行李背到河边渡船上，跟随过渡，到达彼岸，再为背到落脚处。外来人到河码头渡船边时，不免十分惊讶，好一片水！好一座小小山城！尤其是那一排渡船，船上的水手，一眼看去，几乎又全是女子。过了河，进得城门，向长街走走，就可见到卖菜的，卖米的，开铺子的，做银匠的，无一不是女子。再没有另一个地方女子对于参加各种事业，各种生活，做得那么普遍，那么自然了。看到这种情形时，真不免令人发生疑问：一切事几几乎都由女子来办，如《镜花缘》一书上的女儿国现象了。本地方的男子，是出去打仗，还是在家纳福看孩子？

不过一个旅行者自觉已经来到辰州时，兴味或不在这些平常问题上。辰州地方是以辰州符驰名的，辰州符的传说奇迹中又以赶尸著闻。公路在沅水南岸，过北岸城里去，自然盼望有机会弄明白一下这种老玩意儿。

可是旅行者这点好奇心会受打击，多数当地人对于辰州符都莫名其妙，且毫无兴趣，也不怎么相信。或许无意中会碰着一个"大"人物，体魄大，声音大，气派也好像很大。他不是姓张，就是姓李，（他应当姓李！）会告你辰州符的灵迹，就是用刀把一只鸡颈脖扎断，把它重新接上，噀一口符水，向地下抛去，这只鸡即刻就会跑去，撒一把米到地上，这只鸡还居然赶回来吃米！你问他："这事曾亲眼见过吗？"他一定说："当真是眼见的事。"或许慢慢的想一想，你便也会觉得同样是在什么地方亲眼见过这件事了。原来五十年前的什么书上，就这么说过的。这个大人物是当地著名会说大话的。世界上事什么都好像知道得清清楚楚，只不大知道自己说话是假的还是真的？是书上有的，还是自己造作的？多数本地人对于"辰州符"是个什么东西，照例都不大明白的。

对于赶尸传说呢？说来实在动人。凡受了点新教育，血里骨里还浸透原人迷信的新绅士，想满足自己的荒唐幻想，到这个地方来时，总有机会温习一下这种传说。绅士，学生，旅馆中人，俨然因为生在当地，便负了一种不可避免的义务，又如为一种天赋幽默同情心所激发，总要把它的神奇处重述一番。或说朋友亲戚曾亲眼见过这种事情，或说曾有谁被赶回来。其实他依然和客人一样，并不明白，也不相信，客人不提起，他是从不注意这个问题的。客人想"研究"它（我们想得出有许多人是乐于研究它的），最好还是看《奇门遁甲》，这部书或者对他有一点帮助，本地人可不会给他多少帮助。本地人虽乐于答复这一类傻不可言的问题，却不能说明这事情的真实性。就中有个"有道之士"，姓阙，当地人通称之为阙五老，年纪将近六十岁，谈天时精神犹如一个小孩子。据说十五岁时就远走云贵，跟名师学习过这门法术。作法时口诀并不希奇，不过是念文天祥的《正气歌》罢了。死人能走动便受这种歌词的影响。辰州符主要的工具是一碗水；这个有道之士家中神主前便陈列了那么一碗水，据说已经有了三十五年，碗里水减少时就加添一点。一切病痛统由这一碗水解决。一个死尸的行动，也得用水迎面的噀，这水且能由浑浊与沸腾表示预兆，有人需要帮忙或家事吉凶的预兆。登门造访者若是一个读书人，一个教授，他把这一碗水的妙用形容得更惊心动魄。使他舌底翻莲的原因，或者是他自己十分寂寞，或者是对于客人具有天赋同情，所以常常把书上没有的也说到了。客人要老老实实发问："五老，那你看过这种事了？"他必装作很认真神气说："当然的。我还亲自赶过！那是我一个亲戚，在云南做官，死在任上，赶回湖南，每天为死者换新草鞋三双。到得湖南时，死人脚趾头全走脱了。只是功夫不练就不灵，早丢下了。"至于为什么把它丢下，可不说明。客人目的在表演，主人用意在故神其说，末后自然不免使客人失望。不过知道了这玩意儿是读《正气歌》作口诀，同儒家居然有关系时，也不无所得。关于赶尸的传说，这位有道之士可谓集其大成，所以值得找方便去拜访一次，他的住处在上西关，一问即可知道。可是一个读书人也许从那有道之士服尔泰①风格的微笑，服尔泰风格的言谈，会看出另外一种无声音的调笑，"你外来的书呆子，世界上事你知道许多，可是书本不说，另外还有许多就不知道。用《正气歌》赶走了死尸，你充满好奇的关心，你这个活人，是被什么邪气歌赶到我这里来？"那时他也许正坐在他的杂货铺里面（他是隐于医与商的），忽然用手指着街上一个长头发的男子说："看，疯子！"那真是个疯子，沅陵地

---

① 即伏尔泰。法国启蒙思想家、作家、哲学家。

方唯一的疯子。可是他的语气也许指的是你拜访者。你自己试想想看，为了一种流行多年的荒唐传说，充满了好奇心来拜访一个透熟人生的人，问他死了的人用什么方法赶上路，你用意说不定还想拜老师，学来好去外国赚钱出名，至少也弄得哲学博士回国，在他饱经世故的眼中，你和疯子的行径有多少不同！

这个人的言谈，倒真是一种杰作，三十年来当地的历史，在他记忆中保存得完完全全，说来时庄谐杂陈，实在值得一听。尤其是对于当地人事所下批评，尖锐透人，令人不由得不想起法国那个服尔泰。

至于辰砂的出处，出产地离辰州地还远得很，远在凤凰县的苗乡猴子坪。

凡到过沅陵的人，在好奇心失望后，依然可从自然风物的秀美上得到补偿。由沅陵南岸看北岸山城，房屋接瓦连橼，较高处露出雉堞，沿山围绕；丛树点缀其间，风光入眼，实不俗气。由北岸向南望，则河边小山间，竹园，树木，庙宇，居民，仿佛各个都位置在最适当处。山后较远处群峰罗列，如屏如障，烟云变幻，颜色积翠堆蓝。早晚相对，令人想象其中必有帝子天神，驾螭乘蜺，驰骤其间。绕城长河，每年三四月春水发后，洪江油船颜色鲜明，在摇橹歌呼中连翩下驶。长方形大木筏，数十精壮汉子，各据筏上一角，举桡激水，乘流而下。就中最令人感动处，是小船半渡，游目四瞩，俨然四围是山，山外重山，一切如画。水深流速，弄船女子，腰腿劲健，胆大心平，危立船头，视若无事。同一渡船，大多数都是妇人，划船的是妇女，过渡的也妇女较多，有些卖柴卖炭的，来回跑五六十里路，上城卖一担柴，换两斤盐，或带回一点红绿纸张同竹篾作成的简陋船只，小小香烛。问她时，就会笑笑的回答："拿回家去做土地会。"你或许不明白土地会的意义，事实上就是酬谢《楚辞》中提到的那种云中君——山鬼。这些女子一看都那么和善，那么朴素，年纪四十以下的，无一不在胸前土蓝布或葱绿布围裙上绣上一片花，且差不多每个人都是别出心裁，把它处置得十分美观，不拘写实或抽象的花朵，总那么妥帖而雅相。在轻烟细雨里，一个外来人眼见到这种情形，必不免在赞美中轻轻叹息，天时常常是那么把山和水和人都笼罩在一种似雨似雾使人微感凄凉的情调里，然而却无处不可以见出"生命"在这个地方有光辉的那一面。

外来客自然会有个疑问发生：这地方一切事业女人都有份，而且像只有"两截穿衣"的女子有份，男子到那里去了呢？

在长街上我们固然时常可以见到一对少年夫妻，女的眉毛俊秀，鼻准完美，穿浅蓝布衣，用手指粗银链系扣花围裙，背小竹笼。男的身长而瘦，英武爽朗，肩上扛了各种野兽皮向商人兜卖。令人一见十分感动。可是这种男子是特殊的。

男子大部分都当兵去了。因兵役法的缺憾，和执行兵役法的中间层保甲制度人选不完善，逃避兵役的也多，这些壮丁抛下他的耕牛，向山中走，就去当匪。匪多的原因，外来官吏苛索实为主因。乡下人照例都愿意好好活下去，官吏的老式方法居多是不让他们那么好好活下去。乡下人照例一入兵营就成为一个好战士，可是办兵役的却觉得如果人人都乐于应兵役，就毫无利益可图。土匪多时，当局另外派大部队伍来"维持治安"，守在几个城区，别的不再过问。土匪得了相当武器后，在报复情绪下就是对公务员特别不客气，凡搜刮过多的外来人，一落到他们手里时，必然是先将所有的得到，再来取那个"命"。许多人对于湘西民或匪都留下一个特别蛮悍嗜杀的印象，就由这种教训而来。许多人说湘西有匪，许多人在湘西虽遇匪，却从不曾遭遇过一次抢劫，就是这个原因。

一个旅行者若想起公路就是这种蛮悍不驯的山民或土匪，在烈日和风雪中努力作成的，乘了新式公共汽车由这条公路经过，既感觉公路工程的伟大结实，到得沅陵时，更随处可见妇人如何认真称职，用劳力讨生活，而对于自然所给的印象，又如此秀美，不免感慨系之。这地方神秘处原来在此而不在彼。人民如此可用，景物如此美好，三十年来牧民者来来去去，新陈代谢，不知多少，除认为"蛮悍"外，竟别无发现。外来为官作宦的，回籍时至多也只有把当地久已消灭无余的各种画符捉鬼荒唐不经的传说，在茶余酒后向陌生者一谈。地方真正好处不会欣赏，坏处不能明白。这岂不是湘西的另外一种神秘？

沅陵算是个湘西受外来影响较久较大的地方，城区教会的势力，造成一批吃教饭的人物，蛮悍性情因之消失无余，代替而来的或许是一点青年会办事人的习气。沅陵又是沅水几个支流货物转口处，商人势力较大，以利为归的习惯，也自然很影响到一些人的打算行为。沅陵位置在沅水流域中部，就地形言，自为内战时代必争之地，因此麻阳县的水手，一部分登陆以后，便成为当地有势力的小贩，凤凰县屯垦子弟兵官佐，留下住家的，便成为当地有产业的客居者。慷慨好义，负气任侠，楚人中这类古典的热诚，若从当地人寻觅无着时，还可从这两个地方的男子中发现。一个外来人，在那山城中石板作成的一道长街上，会为一个矮小，瘦弱，眼睛又不明，听觉又不聪，走路时匆匆忙忙，说话时结结巴巴，那么一个平常人引起好奇心。说不定他那时正在大街头为人排难解纷，说不定他的行为正需要旁人排难解纷！他那样子就古怪，神气也古怪。一切像个乡下人，像个官能为嗜好与毒物所毁坏，心灵又十分平凡的人。可是应当找机会去同他熟一点，谈谈天。应当想办法更熟一点，跟他向家里走。（他的家在一个山上。那房子是沅陵住房地位最好，花木最多的。）如此一来，结果你会接触一点很新奇的东西，一种混合古典热诚与近代理性在一个特殊环境特殊生活里培养成的心灵。你自然会"同情"他，可是最好倒是"赞美"他。他需要的不是同情，因为他成天在同情他人，为他人设想帮忙尽义务，来不及接收他人的同情。他需要人"赞美"，因为他那种古典的作人的态度，值得赞美。同时他的性情充满了一种天真的爱好，他需要信托，为的是他值得信托。他的视觉同听觉都毁坏了，心和脑可极健全。凤凰屯垦兵子弟中出壮士，体力胆气两方面都不弱于人。这个矮小瘦弱的人物，虽出身世代武人的家庭中，因无力量征服他人，失去了作军人的资格。可是那点有遗传性的军人气概，却征服了他自己，统制自己，改造自己，成为沅陵县一个顶可爱的人。他的名字叫做"大老爷"，或"大大"[①]，一个古怪到家的称呼。商人，妓女，屠户，教会中的牧师和医生，都这样称呼他。到沅陵去的人，应当认识认识这位大老爷。

沅陵县沿河下游四里路远近，河中心有个洲岛，周围高三四合，名"合掌洲"，名目与情景相称。洲上有座庙宇，名"和尚洲"，也还说得去。但本地的传说，却以为是"和涨洲"，因为水涨河面宽，淹不着，为的是洲随河水起落！合掌洲有个白塔，由顶到根雷劈了一小片，本地人以为奇，并不足奇。河北岸村名黄草尾，人家多在橘柚林里，橘子树白华朱实，宜有小腰白齿出于其间。一

---

[①] 系作者大哥沈云六。

个种菜园的周家，生了四个女儿，最小的一个四妹，人都呼为夭妹，年纪十七岁，许了个成衣店学徒，尚未圆亲。成衣店学徒积蓄了整年工钱，打了一副金耳环给夭妹，女孩子就戴了这副金耳环，每天挑菜进东门城卖菜，因为性格好繁华，人长得风流波俏，一个东门大街的人都知道卖菜的周家夭妹。

因此县里的机关中办事员，保安司令部的小军佐，和商店中小开，下黄草尾玩耍的就多起来了。但不成，肥水不落外人田，有了主子。可是"人怕出名猪怕壮"，夭夭的名声传出去了，水上划船人全都知道周家夭夭。去年（二十六年）冬天一个夜里，忽然来了四百武装喽啰攻打沅陵县城，在城边响了一夜枪，到天明以前，无从进城，这一伙人依然退走了。这些人本来目的也许就只是在城外打一夜枪。其中一个带队的称团长，却带了兄弟伙到夭妹家里去拍门。进屋后别的不要，只把这女孩子带走。

女孩子虽又惊又怕，还是从容的说："你抢我，把我箱子也抢去，我才有衣服换！"

带到山里去时那团长问："夭夭，你要死，要活？"

女孩子想了想，轻声的说："要死，你不会让我死。"

团长笑了："那你意思是要活了！要活就嫁我，跟我走。我把你当官太太，为你杀猪杀羊请客，我不负你。"

女孩子看看团长，人物实在英俊标致，比成衣店学徒强多了，就说："人到什么地方都是吃饭。我跟你走。"

于是当天就杀了两个猪，十二只羊，一百对鸡鸭，大吃大喝大热闹，团长和夭妹结婚。女孩子问她的衣箱在什么地方，待把衣箱取来打开一看，原来全是预备陪嫁的！英雄美人，可谓美满姻缘。过三天后，那团长就派人送信给黄草尾种菜的周老夫妇，称岳父岳母，报告夭妹安好，不用挂念。信还是用红帖子写的，词句华而典，师爷的手笔。还同时送来一批礼物！老夫妇无话可说，只苦了成衣店那个学徒，坐在东门大街一家铺子里，一面裁布条子做纽绊，一面垂泪。

这也可说是沅陵县人物之一型。

至于住城中的几个年高有德的老绅士，那倒正像湘西许多县城里的正经绅士一样，在当地是很闻名的，庙宇里照例有这种名人写的屏条，名胜地方照例有他们题的诗词。儿女多受过良好教育，在外做事。家中种植花木，蓄养金鱼和雀鸟，门庭规矩也很好。与地方关系，却多如显克微支在他《炭画》那本书里所说的贵族，凡事取"不干涉主义"。因为名气大，许多不相干的捐款，不相干的公事，不相干的麻烦，不会上门。乐得在家纳福，不求闻达，所以也不用有什么表现。对于生活劳苦认真，既不如车站边负重妇女，生命活跃，也不如卖菜的周家夭妹，然而日子还是过得很好，这就够了。

由沅水下行百十里到沅陵属边境地名柳林岔，——就是湘西出产金子，风景又极美丽的柳林岔。那地方过去一时也有个人，很有意思。这个人据说母亲貌美而守寡，住在柳林岔镇上。对河高山上有个庙，庙中住下一个青年和尚，诚心苦修。寡妇因爱慕和尚，每天必借烧香为名去看看和尚，二十年如一日。和尚诚心修苦，不作理会，也同样二十年如一日。儿子长大后，慢慢的知道了这件事。儿子知道后，不敢规劝母亲，也不能责怪和尚，唯恐母亲年老眼花，一不小心，就会堕入深水中淹死。又见庙宇在一个圆形峰顶，攀援实在不容易。因此特意雇定一百石工，在临河悬岩上开辟一条小路，仅可容足，更找一百铁工，制就一条粗而长的铁链索，固定在上面，作为援手工具。又在两山间造一拱石头桥，上山顶庙里时就可省一大半路。这些工作进行时自己还参加，直到完成。各事完成以后，这男子就出远门走了，一去再也不回来了。

这座庙，这个桥，濑河的黛色悬崖上这条人工凿就的古怪道路，路旁的粗大铁链，都好好的保存在那里，可以为过路人见到。凡上行船的纤手，还必需从这条路把船拉上滩。船上人都知道这个故事。故事虽还有另一种说法，以为一切都是寡妇所修的，为的是这寡妇……总之，这是一个平常人为满足他的某种愿心而完成的伟大工程。这个人早已死了，却活在所有水上人的记忆里。传说和当地景色极和谐，美丽而微带忧郁。

沅水由沅陵下行三十里后即滩水连接，白溶、九溪、横石、青浪，……就中以青浪滩最长，石头最多，水流最猛。顺流而下时，四十里水路不过二十分钟可完事，上行船有时得一整天。

青浪滩滩脚有个大庙，名伏波宫，敬奉的是汉老将马援。行船人到此必在庙里烧纸献牲。庙宇无特点，不出奇。庙中屋角树梢栖息的红嘴红脚小小乌鸦，成千累万，遇下行船必飞往接船送船，船上人把饭食糕饼向空中抛去，这些小黑鸟就在空中接着，把它吃了。上行船可照例不光顾。虽上下船只极多，这小东西知道向什么船可发利市，什么船不打抽丰。船夫传说这是马援的神兵，为迎接船只的神兵，照老规矩，凡伤害的必赔一大小相等银乌鸦，因此从不会有人敢伤害它。

几件事都是人的事情。与人生活不可分，却又杂糅神性和魔性。湘西的传说与神话，无不古艳动人。同这样差不多的还很多。湘西的神秘，和民族性的特殊大有关系。历史上楚人的幻想情绪，必然孕育在这种环境中，方能滋长成为动人的诗歌。想保存它，同样需要这种环境。

# 白河流域几个码头

  白河便是历史上知名的酉水。白河到沅陵与沅水汇流后,便略显浑浊,有出山泉水的意思。若溯流而上,则三丈五丈的深潭清澈见底。深潭中为白日所映照,河底小小白石子,有花纹的玛瑙石子,全看得明明白白。水中游鱼来去,皆如浮在空气里。两岸多高山,山中多可以造纸的细竹,长年作深翠颜色,逼人眼目。近水人家多在桃杏花里,春天时只需注意,凡有桃花处必可沽酒。夏天则晒晾在日光下耀目的紫花布衣裤,可以作为人家所在的旗帜。秋冬来时,房屋在悬崖上的,滨水的,无不朗然入目,黄泥的墙,乌黑的瓦,位置却永远那么妥贴,且与四围环境极其调和,使人得到的印象非常愉快。

(引自《边城》)

  由沅陵沿白河上行三十里名"乌宿",地方风景清奇秀美,古木丛竹,滨水极多。传说中的大酉洞①即在附近。洞中高大宏敞,气象万千。但比起凤凰苗乡中的齐梁洞,内中平坦能容避难的人一万以上,就可知道大酉洞其所以著名,或系邻近开化较早的沅陵所

---

① 大酉洞:上古传说中的藏书之地。

致。白河中山水木石最美丽清奇的码头，应数王村，属永顺县管辖，且为永顺县货物出口地方。夹河高山，壁立拔峰，竹木青翠，崖石黛黑。水深而清，鱼大如人。河岸两旁黛色庞大石头上，在晴朗冬天里，尚有野莺画眉鸟，从山谷中竹篁里飞出来，休息在石头上晒太阳，悠然自得啭唱悦耳的曲子，直到有船近身时，方从从容容一齐向林中飞去。水边还有许多不知名水鸟，身小轻捷，活泼快乐，或颈脖极红，如缚上一条彩色带子，或尾如扇子，花纹奇丽，鸣声都异常清脆。白日无事，平潭静寂，但见小渔船船舷、船顶站满了沉默的黑色鱼鹰，缓缓向上游划去。傍山作屋，重重叠叠，如堆蒸糕，入目景象清而壮。一派清芬的影响，本县老诗人向伯翔的诗，因之也见得异常清壮。

白河多滩，凤滩、茨滩、绕鸡笼、三门、驼碑五个滩最著名。弄船人有两个口号："凤滩茨滩不为凶，上面还有绕鸡笼。"上行船到两大滩时，有时得用两条竹纤在两岸拉挽，船在河中小小容口破浪逆流上行。绕鸡笼因多曲折石坎，下行船较麻烦，一不小心撞触河床中的大石，即成碎片，船上人必借船板浮沉到下游三五里方能得救。三门附近山道名白鸡关，石壁插云，树身大如桌面，茅草高至二丈五尺以上。山中出虎豹，大白天可听到虎吼。

由三门水行七十里，到保靖县（过白鸡关陆行只有四十余里）。保靖是酉水流域过去土司之一所在地。酉水流域多洞穴，保靖濒河两个洞为最美丽知名。一在河南，离县城三里左右，名石楼洞。临长河，据悬崖，对河一山，山上老松数列，错落布置，十分自然。景物清疏，有渐江和尚[①]画意。但洞穴内多人工铺排，并无可观。

---

① 即僧弘仁，字渐江，清初画家，笔墨瘦劲简洁，风格冷峭。

一在河北大山下面，和县城相对，名狮子洞。洞被庙宇掩着，庙宇又被老树大竹古藤掩着。洞口并不十分高大，进到里面去后，用火燎高照，既不见边，也不见顶，才看出这洞穴何等宏敞阔大，令人吃惊。四面石壁白润如玉，地下铺满白色细砂。洞中还另有一小小天然道路，可上升到一个石屋里去。道路踏脚处带朱砂红斑，颜色极鲜艳。石屋中有石床石桌，似为昔日方士修炼住处。蝙蝠展翅约一尺长大，不知从何处求食。洞中既宽阔，又黑暗，必用三五个火燎烛照，由庙中人引导，视火燎燃到三分之二后，即寻路外出，不然恐迷路不易走出。火燎用枯竹枝做成，由守庙道士出卖给游洞者，点燃时枯竹枝在洞中爆炸，声音如枪响，如大雷公鞭炮响。洞中夏天有一小小泉水，水味甘美。水中还有小小鱼虾，到冬天时仅一空穴，鱼虾亦不知去处。

近城大山名杀鸡坡，一眼看去，山并不如何高大，但山下人有人上山时杀一鸡，等待人到山顶，山下人的鸡在锅中已熟了。因此名叫杀鸡坡。对河亦有一大山，名野猪坡，出野猪。坡上土地丛林和洞穴，为烧山种田人同野兽大蛇所割据。一到晚上，虎豹就傍近种田开山人家来吃小猪，从被咬去的小猪锐声叫喊里，可以知道虎豹走去的方向。这大虫有时在大白天也昂的一声吼，山谷响应许久。

种田人因此常常拿了刀矛火器种种家伙，往树林山洞中去寻觅，用绳网捕捉大蛇，用毒烟设陷阱猎捕野兽。岭上最多的还是集群结伙蹂躏农产物成癖的野猪，喜欢偷吃山田中包谷白薯，为山民真正仇敌。正因为这个损害庄稼的仇敌太多，岭上人打锣击鼓猎野猪的事，也就成为一种常有的仪式，常有的娱乐了。

本地出好梨，皮色淡赭，味道香而甜，名"洋冬梨"，皮较厚韧，因此极易保藏。产材质坚密的黄杨木，乡下人常常用绳索系身，悬空下垂到溪谷绝壁间，把黄杨木从高崖上砍下，每段锯成两尺长短，背负入城找求售主，同卖柴一样。碗口大的木料，在本地人眼中看来，十分平常。这种良好木材，照当地人习惯，多用来做筷子和天九牌。需要多，供给少，所以一部分就用柚子木充数。出大头菜，比龙山的略差。湘西大头菜应当数接近鄂西的边县龙山最好，颜色金黄，味道甜而香。出好茶叶，和邻近山城那个古丈县的茶叶比较，味道略淡。然而清醇之中，别有一种芬馥之气。陈家茶园在湘西实得风气之先，出品佳美，可惜数量不多，无从外运。

永绥县①离保靖四十五里。保靖县苗人居住较少。永绥县却大部分是苗人。逢场时交易十分热闹，猪、牛、羊、油、盐，铁器和农具，以至于一段木头，一根竹子，一个石臼，一撮火绒，无不可买卖。大场坪中百物杂陈，五色缤纷，可谓奇观。石宏规是本县苗民中优秀分子之一，对苗民教育极热心，对苗民问题极熟习。一个大学毕业生，作了几次县长。

三个县份清中叶还由土司统治，土司既由世袭，永顺的姓向，保靖的姓彭，永绥的姓宋，到如今这三姓还为当地巨族。土司的统治已成过去，统治方法也不可考究了，除了许多大土堆通称土司坟，但留下一个传说尚能刺激人心。就是作土司的，除同宗外，对于此外任何人新婚都保有"初夜权"。新妇应当送到土司府留下三天，代为除邪气，方能发还。也许就是这种原因，三姓方成为本地巨族。土司坟多，与《三国演义》曹操七十二个疑冢不无关系，与初夜权执行也有关系。

---

① 永绥：即今花垣县。

白河上游商业较大水码头名"里耶"。川盐入湘，在这个地方上税。边地若干处桐油，都在这个码头集中。

站在里耶河边高处，可望川湘鄂三省接壤的八面山，山如一个桶形，周围数百里，四面陡削悬绝，只一条小路可以上下。上面一坦平阳，且有很好泉水，出产好米和杂粮，住了约一百户人家。若将两条山路塞断，即与一切隔绝，俨然别有天地。过去二十年常为落草大王盘据，不易攻打。惟上面无盐，所以不易久守。

白河上游分支数处，其一到龙山。龙山出好大头菜。山水清寒，鱼味甘美，六月不腐，水源出鄂西。其一河源在川东，湖南境到茶峒为止。因为这是湖南境最后一个水码头，小虽小，还有意思。这地方事实上虽与人十分陌生，可是说起来又好像十分熟悉。下面是从我一个小说上摘引下来的。白河流域像这样的地方，似乎不止一处。

凭水倚山筑城，近山的一面，城墙如一条长蛇，缘山爬去。临水一面则在城外河边留出余地设码头，湾泊小小篷船。船下行时运桐油，青盐，染色用的五倍子。上行则运棉花、棉纱，以及布匹、杂货同海味。贯串各个码头有一条河街，人家房子多一半着陆，一半在水，因为余地有限，那些房子莫不设吊脚楼。河中涨了春水，到水进街后，河街上人家，便各用长长的梯子，一端搭在屋檐口，一端搭在城墙上，人人皆骂着嚷着，带了包袱、铺盖、米缸，从梯子上爬进城里去，水退时方又从城门口出城。水若特别猛一些，沿河吊脚楼，必有一处两处为水冲去，大家只在城头上呆望，受损失的也同样呆望，对于所受损失仿佛无话可说，与在自然安排下眼见其他无可挽救的不幸来时相似。涨水时在城上还可望着骤然展宽的河面,流水浩浩荡荡,随同山水从上流浮沉而来的有房子、牛、羊、大树。于是在水势较缓处税关趸船前面,便常常有人驾了小舢板,一见河心浮沉而来的是一匹牲畜,一段小木,或一只空船,船上有一个妇人或小孩哭喊的声音,便急急的把船桨去。在下游一些迎着那个目的物,把它用长绳系定,再向岸边桨去。这些勇敢的人,也爱利,也好义,同一般当地人相似。不拘救人救物,却同样在一种愉快冒险行为中做得十分敏捷勇敢。

城外河街也有商人落脚的客店,坐镇不动的理发馆。此外饭店、杂货铺、油行、盐栈、花衣庄,莫不各有地位,装点了这条河街。还有卖船上檀木活车、竹缆与锅罐铺子,介绍水手职业吃码头饭的人家。小饭店门前,常有煎得焦黄的鲤鱼豆腐,身上装饰了红辣椒丝,卧在浅口钵头里,钵旁大竹筒中插着大把红筷子,不拘谁个愿意花点钱,这人就可以傍了门前长案坐下来,抽出一双筷子到手上,那边一个眉毛扯得极细脸上擦了白粉的妇人,就走来问:"要甜酒?要烧酒?"男子火焰高一点的,谐趣的,对内掌柜有点意思的,必装成生气似的说:"吃甜酒?又不是小孩,还问人吃甜酒!"那么,酽洌的烧酒,从大瓮里用木滤子舀出,倒进土碗里,即刻就来到身边案桌上了。

大都市随了商务发达而产生的某种寄食者,因为商人同水手的需要,这小小边城河街,也居然有那么一群人,聚集在一些有吊脚楼的人家。这种妇人穿了假洋绸的衣服,印花布的裤子,把眉毛扯成一条细线,大大的发髻上敷了香味极浓俗的油类，白日里无事，就坐在门口做鞋子，在鞋尖上用红绿丝线挑绣双凤，或靠在临河窗口看水手起货，听水手爬桅子唱歌。到了晚间，却轮流接待商人同水手，切切实实尽一个妓女应尽的义务。

由于边地的风俗淳朴，便是作妓女，也永远那么浑厚。遇不相熟的主顾，做生意时得先交钱，再关门撒野，人既相熟后，钱便在可有可无之间了。妓女多靠商人维持生活，但恩情所结，却多在水手方面。感情好的，互相咬着嘴唇咬着颈脖发了誓，约好了"分手后各人不许胡闹"。四十天或五十天，在船上浮着的那一个，同在岸上躲着的这一个，便同样呆着打发这一堆日子，尽把自己的心紧紧的缚定远远的一个人。尤其是妇人，痴到无可形容，男子过了约定时间不回来，做梦时，就常常梦船拢了岸，那一个人摇摇荡荡的从船跳板到了岸上，直向身边跑来。或日中有了疑心，则梦里必见男子在桅上向另一方向唱歌，却不理会自己。性格弱一点儿的，接着就在梦里投河吞鸦片烟，强一点的便手执菜刀，直向那水手奔去。他们生活虽那么同一般社会疏远，但是眼泪与欢乐，在一种爱憎得失间糅进了这些人生活里时，也便同另外一片土地另外一些人相似，全个身心为那点爱憎所浸透，见寒作热，忘了一切。

（引自《边城》）

一九四一年一月七日在昆明野外校改

## 泸溪·浦市·箱子岩

由沅陵沿沅水上行，一百四十里到湘西产煤炭著名地方辰溪县。应当经过泸溪县，计程六十里，为当日由沅陵出发上行船一个站头，且同时是洞河（泸溪）和沅水合流处。再上六十里，名叫浦市，属泸溪县管辖，一个全盛时代业已过去四十年的水码头。再上二十里到辰溪县。即辰溪入沅水处。由沅陵到辰溪的公路，多在山中盘旋，不经泸溪，不经浦市。

在许多游记上，多载及沅水流域的中段，沿河断崖绝壁古穴居人住处的遗迹，赭红木屋或仓库，说来异常动人。倘若旅行者以为这东西值得一看，就应当坐小船去，这个断崖同沅水流域许多滨河悬崖一样，都是石灰岩作成的。这个特别著名的悬崖，是在泸溪浦市之间，名叫箱子岩。那种赭色木柜一般方形木器，现今还有三五具好好搁在崭削岩石半空石缝石罅间。这是真的原人住居遗迹，还是古代蛮人寄存骨殖的木柜，不得而知。对于它产生存在的意义，应当还有些较古的记载或传说，年代久，便遗失了。

下面称引的一点文字，是从我数年前一本游记上摘下的：

【泸溪】泸溪县城四面是山，河水在山峡中流去。县城位置在洞河与沅水汇流处，小河泊船贴近城边，大河泊船去城约三分之一里。(洞河通称小河，沅水通称大河。)洞河来源远在苗乡，河口长年停泊五十只左右小小黑色洞河船，弄船者有短小精悍的花帕苗，头包花帕，腰围裙子。有白面秀气的所里人，说话时温文尔雅，一张口又善于唱歌。洞河既水急山高，河身转折极多，上行船到此，已不适宜于借风使帆，凡入洞河的船只，到了此地，便把风帆约成一束，作上个特别记号，寄存于城中店铺里去，等待载货下行时，再来取用。由辰州开行的沅水商船，六十里为一大站，停靠泸溪为必然的事。浦市下行船若预定当天赶不到辰州，也多在此过夜。然而上下两个大码头把生意全已抢去，每天虽有若干船只到此停泊，小城中商业却清淡异常。沿大河一方面，一个青石码头也没有，船只停靠皆得在泥滩头与泥堤下。

到落雨天，冒着小雨，从烂泥里走进县城街上去。大街头江西人经营的布铺，铺柜中坐了白发皤然老妇人，庄严沉默如一尊古佛。大老板无事可作，只腆着肚皮，叉着两手，把脚拉开成为八字，站在门限边对街上檐溜出神。窄巷里石板砌成的行人道上，小孩子扛了大而朴质的雨伞，响着很寂寞的钉鞋声。若天气晴明，石头城恰当日落一方，雉堞与城楼都为夕阳落处的黄天，衬出明明朗朗的轮廓。每一个山头都镀上一片金，满河是橹歌浮动。就是这么一个小城中，却出了一个写"日本不足惧"的龙德柏先生。

【浦市】这是一个经过昔日的繁荣而衰败了的码头。三十年前是这个地方繁荣的顶点，原因之一是每月下省请领凤凰厅镇篁道守备兵那十四万两饷银，船只多到此为止，再由旱路将银子运去。请饷官和押运兵在当时是个阔差事，有钱花，会花钱。那时节沿河长街的油坊，尚常有三两千新油篓晒在太阳下。沿河七个用青石作成的码头，有一半皆停泊了结实高大的四橹五舱运油船。此外船只多从下游运来淮盐、布匹、花纱，以及川黔所需的洋广杂货。川黔边境由旱路来的朱砂、水银、苎麻、五倍子，莫不在此交货转载。木材浮江而下时，常常半个河面都是那种木筏。本地市面则出炮仗，出肥人，出肥猪。河面既异常宽平，码头又干净整齐。街市尽头为一长潭，河上游为一小滩，每当黄昏薄暮，落日沉入大地，天上暮云为落日余晖所烘炙，剩余一片深紫时，大帮货船从上而下，摇船人泊船近岸，在充满了薄雾的河面，浮荡在内昏景色中的催橹歌声，正是一种如何壮丽稀有的歌声！

如今一切都成过去了，沿河各码头，已破烂不堪。小船泊定的一个码头，一共有十二只船，除了有一只船载运了方柱形毛铁，一只船载辰溪烟煤，正在那里发签起货外，其他船只似乎已停泊了多日，无货可载。有几只船还在小桅上或竹篙上悬了一个用竹缆编成的圆圈，作为"此船出卖"的标志。

【箱子岩】那天正是五月十五，乡下人过大端阳节。箱子岩洞窟中最美丽的三只龙船，全被乡下人拖出浮在水面上。船只狭而长，船舷描绘有朱红线条，全船坐满了青年桡手，头腰各缠红布，鼓声起处，船便如一枝没羽箭，在平静无波的长潭中来去如飞。河身大约一里路宽，两岸皆有人看船，大声呐喊助兴。且有好事者从后山爬到悬岩顶上去，把百子鞭炮从高岩上抛下，尽鞭炮在半空中爆裂，嘭嘭嘭嘭的鞭炮声与水面船中锣鼓声相应和，引起人对于历史发生一种幻想，一点感慨。

两千年前那个楚国逐臣屈原，若本身不被放逐，疯疯颠颠来到这种充满了奇异光彩的地方，目击身经这些惊心动魄的景物，两千年来的读书人，或许就没有福分读《九歌》那类文章，中国文学史也就不会如现在的样子了。在这一段长长岁月中，世界上多少民族都已堕落了，衰老了，灭亡了。即如号称东亚大国的一片土地，也已经有过多少次被沙漠中的蛮族，骑了膘壮的马匹，手持强弓硬弩，长枪大戟，到处践踏蹂躏！然而这地方的一切，虽在历史中也照样发生不断的杀戮，争夺，以及一到改朝换代时，派人民担负种种不幸命运，死的因此死去，活的被逼迫留发，剪发，在生活上受种种限制与支配。然而细细一想，这些人根本上又似乎与历史毫无关系。从他们应付生存的方法与排泄感情的娱乐上看来，竟好像今古相同，不分彼此。

日头落尽云影无光时，两岸渐渐消失在温柔暮色里。两岸看船人呼喝声越来越少。河面被一片紫雾笼罩，除了从锣鼓声中尚能辨别那些龙船方向，此外已别无所见。然而岩壁缺口处却人声嘈杂，且闻有小孩子哭声，有妇女尖锐叫唤声，综合给人一种悠然不尽的感觉。……

过了许久，那种锣鼓声尚在河面飘着，表示一班人还不愿意离开小船，回转家中。待到把晚饭吃过，爬出舱外一看，呀，好一轮圆月！月光下石壁同河面，一切都镀了银，已完全变换了一种调子。岩壁缺口处水码头边，正有人用废竹缆或油柴燃着火燎，火光下只见许多穿白衣人的影子移动。那些人正把酒食搬移上船，预备分派给龙船上人。原来这些青年人划了一整天船，看船的已散尽了，划船的还不尽兴，三只船还得在月光下玩个上半夜。

提起这件事，使人重新感到人类文字语言的贫俭，那一派声音，那一种情调，真不是用文字语言可以形容的。

这些人每到大端阳时节，都得下河玩一整天的龙船，平常日子却各个按照一种分定，很简单的把日子过下去。每日看过往船只摇橹扬帆来去，看落日同水鸟。虽然也有人事上的得失，到恩怨纠纷成一团时，就陆续发生庆贺或仇杀。然而从整个说来，这些人生活却仿佛同"自然"已相融合，很从容的各在那里尽其性命之理，与其他无生命物质一样，惟在日月升降寒暑交替中放射，分解。而且在这种过程中，人是如何渺小的东西，这些人比起世界上任何哲人，也似乎还更知道的多一点。

这些不辜负自然的人，与自然妥协，对历史毫无担负，活在这无人知道的地方。另外尚有一批人，与自然毫不妥协，想出种种方法来支配自然，违反自然的习惯，同样也那么尽寒暑交替，看日月升降。然而后者却在改变历史，创造历史。一分新的日月，行将消灭旧的一切。我们要用什么方法，就可以使这些人心中感觉一种"惶恐"，且放弃对自然和平的态度，重新来一股劲儿，用划龙船的精神活下去？这些人在娱乐上的狂热，就证明这种狂热使他们还配在世界上占据一片土地，活得更愉快更长久一些。但有谁来改造这些人的狂热到一件新的竞争方面去？（引自《湘行散记》）

这希望于浦市人本身是毫无结论的。

浦市镇的肥人和肥猪，既因时代变迁，已经差不多"失传"，问当地人也不大明白了。保持它的名称，使沅水流域的人民还知道有个"浦市"地方,全靠鞭炮和戏子。沅水流域的人遇事喜用鞭炮,婚丧事用它,开船上梁用它,迎送客人亲戚用它,卖猪买牛也用它。几乎无事不需要它。作鞭炮需要硝磺和纸张,浦市出好硝,又出竹纸。浦市的鞭炮很贱,很响,所以沅水流域鞭炮的供给,大多数就由浦市商店包办。浦市人欢喜戏,且懂戏。二八月农事起始或结束时,乡下人需要酬谢土地,同时也需要公众娱乐。因此常常有头行人出面敛钱集分子,邀大木傀儡戏班子唱歌。这种戏班子角色整齐,行头美好,以浦市地方的最著名。浦市镇河下游有三座塔,本地传说塔里有妖精住,传说实在太旧了,因为戏文中有水淹金山寺,然而正因为传说流行,所以这塔倒似乎很新。市镇对河有一个大庙,名江东寺。庙内古松树要五人连手方能抱住,老梅树有三丈高,开花时如一树绛雪,花落时藉地一寸厚。寺侧院竖立一座转轮藏,木头作的,高三四丈,上下用斗大铁轴相承。三五个人扶着有雕刻的木把手用力转动它时,声音如龙鸣,凄厉而绵长,十分动人。据记载是仿龙声制作的,半夜里转动它时,十里外还可听得清清楚楚。本地传说天下共有三个半转轮藏,浦市占其一。庙宇还是唐朝黑武士尉迟敬德建造的。就建筑款式看来,是明朝的东西,清代重修过。本地人既长于木傀儡戏,戏文中多黑花脸杀进红花脸杀出故事,尉迟敬德在戏文中既是一员骁将,因此附会到这个寺庙上去,也极自然。浦市码头既已衰败,三十年前红极一时的商家迁移的迁移,破产的破产,那座大庙一再驻兵,近年来花树已全毁,庙宇也破成一堆瓦砾了。就只唱戏的高手,还有三五人,在沅水流域当行出名。傀儡戏大多数唱的是高腔,用唢呐伴和,在田野中唱来,情调相当悲壮。每到菜花黄庄稼熟时节,这些人便带了戏箱各处走去,在田野中小小土地庙前举行时,远近十里的妇女老幼,多换上新衣，年青女子戴上粗重银器，有些还自己扛了板凳，携带饭匣，跑来看戏，一面看戏一面吃点东西。戏子中嗓子好，善于用手法使傀儡表情生动的，常得当地年青女子垂青。到冬十腊月，这些唱戏的又带上另外一分家业，赶到凤凰县城里去唱酬傩神的愿戏。这种酬神戏与普通情形完全不同，一切由苗巫作主体，各扮着乡下人，跟随苗籍巫师身后，在神前院落中演唱。或相互问答，或共同合唱，一种古典的方式。戏多夜中在火燎下举行，唱到天明方止。参加的多义务取乐性质，不必需金钱报酬，只大吃大喝几顿了事。这家法事完了又转到另外一家去。一切方式令人想起《仲夏夜之梦》的乡戏场面，木匠、泥水匠、屠户、成衣人，无不参加。戏多就本地风光取材，诙谐与讽刺，多健康而快乐，有希腊《拟曲》趣味。不用弦索，不用唢呐，惟用小锣小鼓，尾声必需大家合唱，观众也可合唱。尾声照例用"些"字，或"禾和些"字，借此可知《楚辞》中《招魂》末字的用处。戏唱到午夜后，天寒上冻，锣鼓凄清，小孩子多已就神坛前盹睡，神巫便令执事人重燃大蜡，添换供物，神巫也换穿朱红绣花缎袍，手拿铜剑锦拂，捶大鼓如雷鸣，吭声高唱，独舞娱神，兴奋观众。末后撤下供物酒食，大家吃喝。俟人人都恢复精神后，新戏重新上场。这些唱戏的到岁暮年末时，方带了所得猪羊肉（羊肉必取后腿，带上那个小小尾巴），大小米糍粑以及快乐和疲劳，各自回家过年。

在浦市镇头上向西望，可以看见远山上一个白塔，尖尖的向透蓝天空矗着。白塔属辰溪县的风水，位置在辰溪县下边一点。塔在河边山上，河下名"斤丝潭"，打鱼人传说要放一斤生丝方能到底。斤丝潭一面是一列悬崖，五色斑驳，如锦如绣。崖下常停泊百十只小渔船，每只船上照例蓄养五七只黑色鱼鹰。这水鸟无事可作时，常蹲在船舷船顶上扇翅膀，或沉默无声打瞌盹。盈千累百一齐在平潭中下水捕鱼时，堪称一种奇观，可见出人类与另一种生物合作，在自然中竞争生存的方式，虽处处必需争斗，却又处处见出谐和。箱子岩也是一列五色斑驳的石壁，长约三四里，同属石灰岩性质。石壁临江一面崭削如割切。河水深而碧，出大鱼，因此渔船也多。岩下多洞穴，可收藏当地人五月节用的狭长龙船。岩壁缺口处有人家，如为造物者增加画意，似经心似不经心点缀上这些大小房子。最引人注意处还是那半空中石壁罅隙处悬空的赭色巨大木柜。上不黏天，下不及泉，传说中古代穴居者的遗迹。端阳竞渡时水面的壮观，平常人不容易得到这种眼福，就不易想象它的动人光景。遇晴明天气，白日西落，天上薄云由银红转成灰紫。停泊崖下的小渔船，烧湿柴煮饭，炊烟受湿，平贴水面，如平摊一块白幕，绿头水凫三只五只，排阵掠水飞去，消失在微茫烟波里。一切光景静美而略带忧郁。随意割切一段勾勒纸上，就可成一绝好宋人画本。满眼是诗，一种纯粹的诗。生命另一形式的表现，即人与自然契合，彼此不分的表现，在这里可以和感官接触。一个人若沉得住气，在这种情境里，会觉得自己即或不能将全人格融化，至少乐于暂时忘了一切浮世的营扰。现实并不使人沉醉，倒令人深思。越过时间，便俨然见到五千年前腰围兽皮手持石斧的壮士，如何经心设意，用红石粉涂染木材搭架到悬崖高空上情景，且想起两千年前的屈原，忠直而不见信，被放逐后驾一叶小舟飘流江上，无望无助的情景。更容易关心到这地方人将来的命运，虽生活与自然相契，若不想法改造，却将不免与自然同一命运，被另一种强悍有训练的外来者征服制驭，终于衰亡消灭。说起它时使人痛苦，因为明白人类在某种方式下生存，受时代陶冶，会发生一种无可奈何的痛苦。悲悯心与责任心必同时油然而生，转觉隐遁之可羞，振作之必要。目睹山川美秀如此，"爱"与"不忍"会使人不敢堕落，不能堕落。因此一个深心的旅行者，不妨放下坐车的便利，由沅陵乘小船沿沅水上行，用两天到达辰溪。所费的时间虽多一点，耳目所得也必然多一点。

三十年一月七日校，时在昆明

# 辰溪的煤

湘西有名的煤田在辰溪。一个旅行者若由公路坐车走,早上从沅陵动身,必在这个地方吃早饭。公路汽车须由此过河,再沿麻阳河南岸前进。旅行者一瞥的印象,在车站旁所能看到的仅仅是无数煤堆,以及远处煤堆间几个黑色烟筒。过河时看到的是码头上人分子杂,船夫多,矿工多,游闲人也多。半渡之际看到的是山川风物,秀气而不流于纤巧。水清且急,两丈下可见石子如樗蒲①在水底滚动。过渡后必想到,地方虽不俗,人好像很呆,地下虽富足,一般人却极穷相。以为古怪,实不古怪。过路人虽关心当地荣枯和居民生活,但一瞥而过,对地方问题照例是无从明白的。

辰河弄船人有两句口号,旅行者无不熟习,那口号是:"走尽天下路,难过辰溪渡。"事实上辰溪渡也并不怎样难过,不过弄船人所见不广,用纵横千里一条辰河与七个支流小河作准,说说罢了。

辰溪县的位置恰在两条河流的交汇处,小小石头城临水倚山,建立在河口滩脚崖壁上。河水清而急,深到三丈还透明见底。河面

---

① 古代一种博戏。博具有子、马、五木等,后专以五木为戏。相传骰子即由五木演变而成。

长年来往湘黔边境各种形体美丽的船只。山头是石灰岩,无论晴雨,都可见到烧石灰的窑上飘扬青烟和白烟。房屋多黑瓦白墙,接瓦连椽紧密如精巧图案。对河与小山城成犄角,上游为一个三角形小阜,小阜上有修船造船的宽坪。位置略下,为一个山岨,濒河拔峰,山脚一面接受了沅水激流的冲刷,一面被麻阳河长流淘洗,近水岩石多玲珑透空。山半有个壮丽辉煌的庙宇,庙宇外岩石间且有成千大小不一的石佛。在那个悬岩半空的庙里,可以眺望上行船的白帆,听下行船摇橹人唱歌。小船洇洇流而渡,艰难处与美丽处实在可以平分。

地方为产煤区,似乎无处无煤,故山前山后都可见到用土法开掘的煤洞煤井。沿河两岸常有百十只运煤船停泊,上下洪江与常德码头间无时不有若干黑脸黑手脚汉子,把大块黑煤运送到船上,向船舱中抛去。若到一个取煤的斜井边去,就可见到无数同样黑脸黑手脚人物,全身光裸,腰前围一片破布,头上戴一盏小灯,向那个俨若地狱的黑井爬进爬出。矿坑随时可以坍陷或被水灌入,坍了,淹了,这些到地狱讨生活的人,自然也就完事了。(引自《湘行散记》)

战事发生后,国内许多地方的煤田都丢送给日人了,除东三省热河的早已完事,绥远河北山东安徽的全得不着了。可是辰溪县的煤,直到二十七年二月里,在当地交货,两块钱一吨还无买主。运到一百四十里距离的沅陵去,两毛钱一百斤很少人用它。山上沿河两岸遍山是杂木杂草,乡下人无事可作,无生可谋,挑柴担草上城换油盐的太多,上好栎木炭到年底时也不过卖一分钱一斤,除作坊糟坊和较大庄号用得着煤,人人都因习惯便利用柴草和木炭。这种热力大质量纯的燃料,于是同过去一时当地的青年优秀分子一样,在湘西竟成为一种肮脏累赘毫无用处的废物，地方负责的虽知道这两样东西都极有用，可不知怎样来用它。到末了，年青人不是听其飘流四方，就是听他腐化堕落。廉价的燃料，只好用本地民船运往五百里外的常德，每吨一块半钱到二块六毛钱。同时却用二百五十块钱左右一吨的价值，运回美孚行的煤油，作为湘西各县城市点灯用油。

富原虽在本地，到处都是穷人，不特下井挖煤的十分穷困，每天只能靠一点点收入，一家人挤塞在一个破烂逼窄又湿又脏的小房子里住，无望无助的混下去。孩子一到十岁左右，就得来参加这种生活竞争。许多开矿的小主人，也因为无知识，捐项多，耗费大，运输不便利，煤又太不值钱，弄得毫无办法，停业破产。

这应当是谁的责任？瞻望河边的风景，以及那一群肮脏瘦弱的负煤人，两相对照，总令人不免想得很远很远。过去的，已成为过去了。来在这地面上，驾驭钢铁，征服自然，使人人精力不完全浪费到这种简陋可怜生活上，使多数人活得稍像活人一点，这责任应当归谁？是不是到明日就有一群结实精悍的青年，心怀雄心与大愿，来担当这个艰苦伟大的工作？是不是到明日，还不免一切依然如旧？答复这个问题，应在青年本身。

这是一个神圣矿工的家庭故事——

向大成，四十四岁，每天到后坡××公司第三号井里去工作，坐箩筐下降四十三丈，到工作处。每天作工十二点，收入一毛八分钱。妇人李氏，四十岁，到河码头去给船户补衣裳裤子，每天可得三两百钱。无事作或往相熟处，给人用碎磁放放血，用铜钱蘸清油刮刮痧。男女共生养了七个，死去五个，只剩下两个女儿，大的十六岁，十三岁时就被驻防军排长看中后，出了两块钱引诱破了身，父亲知道这事情时，就痛打女孩一顿，又为这两块钱，两夫妇大吵大闹一阵，妇人揪着自己鬐发在泥地里滚哭。可是这事情自然同别的事一样，很快的就成为过去了。到十五岁这女孩子已知道从新生活上取乐，且得点小钱花，买甘蔗糍粑吃。于是常常让水手带到空船上去玩耍，不怕丑也不怕别的。可是母亲从熟人处听到她什么时候得了钱，在码头上花了，不拿回来，就用各种野话痛骂泄气。到十六岁父亲却出主张，把她押给一个"老怪物"，押二十六块钱。这女孩子于是换了崭新印花标布衣裳，把头梳得光油油的，脸上擦了脂粉，很高兴的来在河边一个小房子里接待当地军，警，商，政各界，照当地规矩，五毛钱关门一回。不久就学会了唱小曲子，军歌，党歌，爱国歌，摇船人催橹歌。母亲来时就偷偷的塞十个当一百铜子或一些角子票到母亲手中，不让老怪物看见。阅世多，经验多，应酬主顾自然十分周到。且身体给生活蹂躏也给营养，臀部长阔了，奶子也圆大了，生意更好了一点，已成为本地"观音"。船上人无不知道河码头的观音。有一次，县衙门一个传达，同船上人吃醋，便用个捶衣木杵把这个活观音痛殴一顿，末了，且把小妇人裤子也扒脱抛到河水中去。又气又苦，哭了半天，心里结了个大疙瘩，总想不开，抓起烟匣子向口里倒，咽了三钱烟膏，到第二天便死掉了。父母得到消息，来哭了一阵，拿了点"烧埋钱"走了。死了的人过不久也就装在白木匣子里抬走埋了。小女儿十一岁，每天到河滩上修船处去捡劈柴，带回家烧火煮饭，有一天造船匠故意扬起斧头来恐吓她，她不怕。造船匠于是更当着这孩子撒尿，想用另外一个方法来恐吓她。这女孩子受了辱，就坐在河边堆积的木料上，把一切耳朵中听来的丑话骂那个老造船匠。骂厌后方跑回家里去。回到家里，见母亲却在灶边大哭，原来老的在煤井里被煤块砸死了。……到半夜,那个母亲心想公司有十二块钱安埋费。孩子今年十二岁,再过四年,就可挣钱了。命虽苦,还有一点希望。……

这就是我们所称赞的劳工神圣,一个劳工家庭的真实故事。旅行者的好奇心,若需要证实它,在那里实在顶方便不过,正因为这种家庭是很普遍的,故事是随处可以掇拾的。

读书人的同情,专家的调查,对这种人有什么用?若不能在调查和同情以外有一个"办法",这种人总永远用血和泪在同样情形中打发日子。地狱俨然就是为他们而设的。他们的生活,正说明"生命"在无知与穷困包围中必然的种种。读书人面对这种人生时,不配说"同情",实应当"自愧"。正因为这些人生命的庄严,读书人是毫不明白的。

大家都知道辰溪县"有煤",此外还有什么,就毫无所知了。在湘西各县裱画店,常有个署名髯翁米子和的口书字幅,用笔极浓重,引人注意。这个米先生就是辰溪县人。

# 沅水上游几个县分

由辰溪大河上行，便到洪江，洪江是湘西中心。出口货以木材、桐油、鸦片烟为交易中心。市区在两水汇流一个三角形地带，三面临水，通常有"小重庆"称呼。地方归会同县管辖。湖南人吃的"洪江柚子"，就是由会同，黔阳，溆浦各县属乡下集中到洪江来的。洪江商务增加了地方的财富，与市面繁荣，同时也增加了军人的争夺机会。民国三十年来贵州省的政治变局，都是洪江地方直接间接促成的。贵州军人王殿轮、王小珊、周西成、王家烈，全用洪江为发祥地。湖南军人周则范、蔡钜猷、陈汉章，全用洪江为根据地，负隅自固，周陈二人并且同样是在洪江被刺的。可是这些事对本地又似乎竟无多少关系。这些无知识的军人尽管新陈代谢，打来打去，除洪江商人照例吃点亏，与会同却并无关系。地方既不因此而衰败，也不因此而繁荣。溆浦地方在湘西文化水准特别高，读书人特别多，不靠洪江的商务，却靠一片田地，一片果园——蔗糖和橘子园的出产，此外便是几个热心地方教育的人。女子教育的基础，是个姓向女子作成的（即十年前在共产党中作妇女运动被杀的向××①，五四时代写工运文章最有声色的蔡和森的夫人）。史学家

---

① 即向警予，中共早期的妇女运动领导人。

向达，经济学家武堉干，出版家舒新城，同是溆浦人。洪江沿沅水上行到黔阳，县城里有一个阳明书院，留下王阳明的一点传说，此外这个地方竟似乎不能引起外人的注意，也引不起本地人的自信或自骄。地方在外面读书作事的人相当多，湘西人的个性强悍处，似乎也因之较少。黔阳毗连芷江，"澧兰沅芷"在历史上成一动人名辞。芷江的香草香花，的确不少。公路由辰溪往芷江，不经过溆浦黔阳，是由麻阳河沿河上行一阵，到后向西走，经芷江属的东乡两个市镇，方到芷江。

车由辰溪过渡，沿麻阳河南岸上行时，但见河身平远静穆，嘉树四合，绿竹成林，郁郁葱葱，别有一种境界。沿河多油坊，祠堂，房子多用砖砌成立体方形或长方形，与峻拔不群的枫杉相衬，另是一种格局，有江浙风景的清秀，同时兼北方风景的厚重。河身虽不大，然而屈折平衍，因之引水灌溉两岸，十分便利，土地极其膏腴。急流处本地人多缚大竹作圆形，安置在河边小水堰道间，引水灌高处田地，且联接枧筒长数十丈，将水远引。两岸树木多，因之美丽水鸟也特别多。弄船人除少数铜仁船水手，此外全部是麻阳人，在二百五十里内，这一条河中有多少滩，多少潭，有多少碾房，有多少出名石头，无不清清楚楚。水手们互相谈论争吵的事，也常不离这条河流所有的故事，和急流石头的情形。有一个地方名"失马湾"，四围是山，山下有大小村落无数，都隐在树丛中。河面宽而平，平潭中黄昏时静寂无声，惟见水鸟掠水飞去，消失在烟浦里。一切光景美丽而忧郁，见到时不免令人生"大好河山"之感。公路虽不经从失马湾过，失马湾地方有一个故事，却常常给人带走很远。

公路入芷江境后，较大站口名怀化镇。经过的旅客除了称羡草木田地美好，以及公路宽广平坦，此外将无何等奇异感想。可是事实上这个地方的过去，正是中国三十年来的缩影。地方民性强悍，好械斗。多相互仇杀，强梁好事者既容易生事，老实循良的为生存也就力图自卫。蔡锷护法军兴，云南部队既在这里和北洋军作战，结果遗下枪支不少。本地人有钱的买枪，称为团总，个人有枪，称为练丁。枪支一多，各有所恃，于是由仇怨变成劫掠。杂牌军来，收枪裹匪膨胀势力。军队打散后，于是或入山落草保存实力，或收编成军以图挟制。内战既多，新陈代谢之际，唯一可作的事就是相互杀戮。二十年间的混乱局面，闹得至少有一万良民被把头颅割下来示众（作者个人即眼见到有三千左右农民被割头示众），为本地人留下一笔结不了的血账。然而时间是个古怪东西，这件事到如今，当地人似乎已渐渐忘掉了。遗忘不掉且居然还能够引起旅客一点好奇心，对之注意的，是一座光头山顶上留下一列堡垒形的石头房子，不像庙宇也不像住户人家，与山下简陋小市镇对照时，尤其显得两不调和。一望而知这房子是有个动人故事的。这是一个由地主而成团绅，由团绅而作大王，由大王升充军长，由军长获得巨富，由巨富被人暗杀，一个姓陈的产业。这座房子同中国许多地方堂皇富丽的建筑相似，大部分可说是用人血作成的。这房子结束了当地人对于由土匪而大王作军官成巨富的浪漫情绪。如今业已成为一个古迹，只能供过路人凭吊了。车站旁的当地妇人多显得和平而纯良，用惊奇眼光望着外来车辆和客人。客人若问"那房子是谁的产业？谁在那里住？"一定会听到那些老妇人可怜的回答："房子是我们这里陈军长的，军长名陈汉章，五年前在洪江被人杀了，房子空空的。"且可怜的微笑。也许这妇人正想起自己被杀死的丈夫，被打死的儿子，也许想起的却是那军长死后三百五十条金子，和几个美丽姨太太的下落。谁知道她想的是什么事。

怀化镇过去二十里有小村市，名"石门"，出产好梨，大而酥脆，甜如蜜汁，也和中国别的地方一样，虽有好出产，并不为人注意，专家也从不曾在他著作上提及，县农场和农校更不见栽培过这种果木。再过去二十五里名"榆树湾"，地方出好米、好柿饼。与怀化镇历史相同，小小一片地面几乎用血染赤，然而人性善忘，这些事已成为过去了。民性强直，二十年前乡下人上场决斗时，尚有手携着手，用分量同等的刀相砍的公平习惯，若凑巧碰着，很可以增长旅行者一分见识。一个商人的十八岁闺女死了，入土三天后，居然还有一个卖豆腐的青年男子，把这女子从土中刨出，背到山洞中去睡她三夜的热情，这种生命洋溢的性情，到近年来自然早消灭了，成为希有事物了。新来的便是无个性无特性的庸碌人生观，养成这种人生观就是使人去掉那点勇气而代替一点诈气的普通教育。一部分人自然还以为教育成功，因此为多数人所扶持。正因为如此一来，住城市中的地主阶级，方不至于田园荒芜，收租无着。按规矩，芷江的佃户对地主除缴纳正租外，还应当在每一石租谷中认交鸡肉一斤，数量多少照算，所以有千来石净收入的人家，到收租时照例可从各佃户处捉回百十只肥鸡。常日吃鸡，吃到年底，还有富余。单是这一点，东乡的民俗如何宜于改造，便很显然了。可是这些地主一定想象不到，东乡民俗一经改变，芷江的命运也就从此注定成为一个被支配者。

榆树湾离芷江还有九十里，公路上行，一部分即沿沅水西岸拉船人纤路扩大改造而成。公路一面傍山，一面临水。地势到此形成一小盆地，无高山重岭，汽车路因之较宽大，较平直。到芷江时，一个过路人一瞥所得印象必不怎么坏。城南有个明代的塔，名雁塔，形制拙而壮，约略与杭州坍圮的雷峰塔相似。城楼与城中心望楼，从万户人家屋瓦上浮，气象相当博大厚重，像一个府治。河流到了这里忽然展宽许多，约一里三分之二。一个十七墩的长桥，由南城外河边接连南岸，南岸名王家街，住户店铺也不少。三十年前通云贵的大驿道由此通过（传说中的赶尸必由之路），现在又成为公路站头。城内余地有限，将来发展自然还在南岸。表示这繁荣的起点，是小而简陋的木房子无限量的增加。

有个大佛寺，明朝人建筑的；殿中大佛头耳朵可容八个人盘旋，佛顶可摆四桌酒席。好风雅的当地绅士，重阳节便到佛头上登高，吃酒划拳，觉得十分有趣。本地绅士有一"维新派"，知去掉迷信不知道保存古迹，民国九年佛殿圮坍后，因此各界商议，决定打倒大佛。当时南区的警察所长是个大胖子，凤凰县人，人大心细，身圆姓方，性情恰恰如吉诃德先生的仆人，以为这是一件极有意义的工作，就亲自用锹头去掘佛头，并督率警士参加这种工作。事后向熟人说："今天真作了一件平生顶痛快事情（不说顶蠢事情），打倒了一尊五百年的偶像。人说大佛是金肝银肠朱砂心，得到它岂不是可以大发一笔洋财？那知道打倒了它，什么也得不到。肚子里一堆古里古怪的玩意儿，手写的经书，泥做的小佛，绸子上画花——鬼知道有什么用，五百年宝贝，一钱不值。脑子里装了六十担茶叶，一个茶叶库，一点味道都没有，谁都不要，只好堆在坪里，一把火烧掉。"把话说完时，伸出两只蒲扇手，"狗肏的，一把火烧完了，痛快。"总而言之，除了大殿，当时能放火烧的都被这位开明警察所长烧了。保存得上好的五百卷手抄本经卷，和五彩壁画的版子，若干漆器的佛像，全烧光了。大佛泥土堆积如一座小山。这座山的所在处，现在本地年青人已经不大知道了。当地毁去了那么一座偶像，其实却保存另外一个活偶像。城里东门大街福音堂里，住下一个基督教包牧师，在当时是受本城绅士特别爱护尊敬的。受尊敬的原因，为的是当时土匪不敢惊动洋人。有时城中绅士被当作肥羊吊去时，无从接头，这牧师便放下侍奉上帝神圣的职务，很勇敢慷慨深入匪区去代人说票。离县城三十里的西望山，早已成为匪区，有枪兵一排人还不敢通过，大六月天这位牧师去避暑，却毫不在意，既不引起众人对于这个牧师身分的怀疑，反而增加这个牧师在当地"所向无敌"的威信。这事说来已二十年，上帝大约已把那牧师收回天国，也近于一篇故事了。

二十年来本地绅士半数业已谢世，余下的都渐渐衰老了，子侄辈长大成人，当前问题恐不是毁佛学道，必是如何想法不让子侄辈向西北走。担心的并不是社会革命，倒是家庭革命。家庭一革命，作严父作慈母两不讨好。

芷江的绅士多是地主，正因为有钱，因此历来受两重压迫，土匪和外来驻防剿匪军。两者的苛索都不容易侍候，因此性情特别温和。近年来一切都不同了，最大的压迫，恐怕是自己家里的子女"自由"。子女在外受教育的多，对于本地是一种转机，对于少数人，看来却似乎是一种危机。

广西民政厅厅长邱昌渭先生，是这个地方人。

芷江大桑和蚕种都相当好，白蜡收成也极可观。又出产好米，西旺山下有一种特别玉腰米，作饭时长到五分。此外桃子和冬菌，在湖南应当首屈一指。可是当地农校林场却只能发现些不高不矮的洋槐树、黄金树。稻种改良，蚕桑推广，蜡虫研究和果木栽培，都不曾作，作来也无良好成绩可言。这就要后来者想办法了。后来者可作的事正多。

由芷江往晃县，给人的印象是沿公路山头渐低渐小，山上树木转密蒙。一个初到晃县的人，爱热闹必觉得太不热闹，爱孤僻又必觉得不够孤僻。就地形看来，小小的红色山头一个接连一个，一条河水弯弯曲曲的流去，山水相互环抱，气象格局小而美，读过历史的必以为传说中的古夜郎国，一定是在这里。对湘西人民生活状况有兴味的人，必立刻就可发现当地妇女远不如沅陵妇女之勤苦耐劳而富于艺术爱好。妇女比例数目少一点，重视一点，也就懒惰一点。男子呢，与产烟区域的贵州省太接近，并且是贵州烟转口的地方，许多人血里都似乎有了烟毒。一瞥印象是愚，穷，弱。三种气氛表现在一般市民的身上，服饰上，房屋建筑上。

　　晃县的市场在龙溪口。公路通车以前，烟贩、油商、木商等客人，收买水银坐庄人，都在龙溪口作生意。地方被称为"小洪江"，由于繁荣的原因和洪江大同小异。地方离老县城约三里，有一段短短公路可通行，公路上且居然还有十多辆人力车点缀，一里两毛，还是求过于供。主顾最多的大约是本地土娼，因为奔跑两处，必需以车代步，不然真不免夜行多露，跋涉为劳。

　　烟土既为本地转口货大宗生意，烟帮客人是到处受欢迎的客人，护送烟帮出差军人为最好的差事，特税查缉员在中国公务员中最称尽职。本地多数人的生存意义或生存事实，都和烟膏烟土不可分。因之令人发生疑问，假若禁烟事对于禁吸禁运办法实行以后，这地方许多人家许多商务如何维持？也许有人真么想到，结果却默然无言。

　　四月里一个某某部队过路，在河西车站边借了一个民居驻防，开拔后，屋主人去清察房屋，才发现有个兵士模样的男子，被反缚两手，胸脯上戳了三刀，抛在粪坑边死了。部队还是当天开拔的。

谁作的事，不知道。被杀的是谁？传说是查缉处兵士。官方对于这事只好搁下，保留。过不久，大家一定就忘记这件不愉快事情了。

另外有个烟贩，由贵阳乘车到达，行李衣箱内藏了一万块钱法币，七千块钱烟土印花，落店后，半夜里忽然有人来"检查"。翻了一阵，发现了那个衣箱，打开一看，把那个钱拿跑了。这烟贩不声不响，第二天就包赁一辆汽车回转贵阳。好像一抢便已完事。县知事不知道是谁作的事，烟贩倒似乎知道，除老乡外别无他人，只是不说。君子报仇三年，冤有头，债有主，不用官家麻烦。

两件事都发生在车站近旁，所谓边境，从这两件事情上可知道一二。边境的悲剧或喜剧，常常与烟土有密切关系。

边境有边境古风，每夜查铺子共计警务人员四位，高举扁方纸糊灯笼，进门问问姓氏，即刻就走了。查铺子的怕"委员"，怕"中央"，怕"军人"，怕以及许多许多，灯笼高举各家走去为的是尽职。更主要的还是旅客必需将姓名注上循环簿，旅馆用完时好到警局去领，每本缴三毛法币。就市价估计，成本约一毛五分。

小公务员还保留一种特别权利，在小客栈中开一房间，叫两个条子打麻将取乐，消遣此有涯之生。这种公务员自然也有从外路来到此地，享受这种特别权利的。总之多数人都认为这是一种权利，一种娱乐，不觉得可羞，所以在任何地方都可见到。

本地入口货销行最好的是纸烟。许多普通应用药品，到这地方都不容易得到，至于纸烟，无不应有尽有。各种甜咸罐头也买得出。只是无一个书店，可知书籍在这地方并无多大用处。

经营最古职业的娘儿们多数身子小小的，瘦瘦的，露出睡眠不足营养不足的神气，着短衣大脚裤，并在腰边系一粉红绸巾，会唱小曲，也会唱党歌，军歌，抗战歌，因为得应酬当地军警政商各界，必需懂流行的歌曲。世人常说妓女生活很苦，大都会中妓女给人的印象的确很苦，每日与生活挣扎，受自然限制，为人事挫折，事事可以看出这小小边城妓女与其说是在挣扎生活，不如说是在混生活。生存是无目的的，无所谓的，正与若干小公务员小市民极其相同，同样是混日子，迷迷胡胡混下去，听机会分派哀乐得失，在小小生活范围内转。活时，活下去；死了，完事。"野心"在多数人生活中都不存在，"希望"也不会存在。航空奖券和百龄机发卖地方相去太远，对于这类人的刺激也无多大意义。若说这些妇女可悯，公务员和小市民同样可悯。这是传说中的古夜郎国，可是到如今来"自大"两字也似乎早已消灭了。

多数人一眼望去都很老实，这老实另一面即表现"愚"与"惰"。妇人已很少看到胸前有精美扣花围裙，男子雄纠纠担着山兽皮上街找主顾的也不多见，贵州人在这里势力特别大，由于烟土是贵州省运来的。

妇人小孩，都患瘰疬①，营养不良是一般人普遍现象。

木材在这里不大值钱，然而处置木材的方式，亦因无知与懒惰，多不得其法，这事从当地各式建筑就可见出。

湖南境的沅水到此为止，自然景物到此越加美丽，人事无章次处也就到此越加显著。正如造物者为求均衡，有意抑彼扬此，恰到好处。本地见出受战事影响，直接使本地人受拘束，在改造，有变化的，是壮丁训练。每早上六点钟左右，汽车西站旁大坪里就有个老妇人筛锣示众，告大家应当起床，于是来了一个着军服的年青人，精神饱满，挟了三四个薄薄本子（唱歌的抄本），吹嗖哨集合，

---

① 中医学病名，俗称"瘰子颈"。颈项间结核的总称。

各处人家于是走出二十来个大小不等制服不齐的候补壮士，在坪里集合点名，训话后即上操，唱歌。大约训练工作还不久，因此唱歌得一句一句教。教者十分吃力，学者对于歌中意义也不很懂。而且许多歌都是城里人编的，实在不大好听，调子又古怪难记，对于乡下人真是一种"训练"。若把调子编成沅水流域弄船摇橹人打呼号的声音，一定好听得多，易学得多了。可是这个指导训练工作人员，在本地却是唯一见出有生气有朝气的青年。地方一切会在他们努力下慢慢改变过来的。青年之觉醒是必然的。

十五年前在沅水上游称一霸，由教学先生而变为土匪，由大王而变为军人，由司令而变为……外县人来到晃县，提出这个人的名字时，如今尚可以听到许多故事。这人名姚继虞，就是晃县人。十年前又有个北京农科大学毕业生，领导两万武装农民，入城示威，清党时死于芷江南城城门前。这人名唐伯赓，也是晃县人。

# 凤　凰

这是从一个作品里摘录出关于凤凰的轮廓。

　　一个好事的人，若从百年前某种较旧一点的地图上寻找，一定可在黔北、川东、湘西一处极偏僻的角隅上，发现了一个名为"镇筸"的小点。那里同别的小点一样，事实上应有一个城市，在那城市中，安顿了数千户人口的，不过一切城市的存在，大部分皆在交通、物产、经济的情形下面，成为那个城市荣枯的因缘。这一个地方，却以另外意义无所依附而独立存在。将那个用粗糙而坚实巨大石头砌成的圆城作为中心，向四方展开，围绕了这边疆僻地的孤城，约有五百余苗寨，各有千总守备镇守其间。有数十屯仓，每年屯数万石粮食为公家所有。五百左右的碉堡，二百左右的营汛。碉堡各用大石作成，位置在山顶头，随了山岭脉络蜿蜒各处，营汛各位置在驿路上，布置得极有秩序。这些东西是在一百八十年前，按照一种精密的计划，各保持到相当距离，在周围数百里内，平均分配下来，解决了退守一隅常作蠢动的边苗叛变的。两世纪来满清的暴政，以及因这暴政而引起的反抗，血染赤了每一条官道同每一个碉堡。到如今，一切完事了。碉堡多数业已残毁了，营汛多数成为民房了，人民已大半同化了。落日黄昏时节，站到那个巍然独在万山环绕的孤城高处，眺望那些远近残毁碉堡，还可依稀想见当时角鼓火炬传警告急的光景。这地方到今日此时，因为另一军事重心，一切皆以一种迅速的姿势在改变，在进步，同时这种进步，也就正消灭到过去一切。……

地方统治者分数种，最上为天神，其次为官，又其次才为村长同执行巫术的神的侍奉者，人人洁身信神，守法爱官。每家俱有兵役，可按月各到营上领取一点银子，一分米粮，且可从官家领取二百年前被政府所没收的公田播种。

这地方本名镇筸城，后改凤凰厅，入民国后，改名凤凰县。清时辰沅永靖兵备道，镇筸镇，均驻节此地。辛亥革命后，湘西镇守使，辰沅道，仍在此办公。除屯谷外国家每月约用银八万两经营此小小山城。地方居民不过五六千，驻防各处的正规兵士却有七千。由于环境不同，直到现在其地绿营兵役制度尚保存不废，为中国绿营军制唯一残留之物。（引自《凤凰子》）

苗子放蛊的传说，由这个地方出发。辰州符的实验者，以这个地方为集中地。三楚子弟的游侠气概，这个地方因屯丁子弟兵制度，所以保留得特别多。在宗教仪式上，这个地方有很多特别处，宗教情绪（好鬼信巫的情绪），因社会环境特殊，热烈专诚到不可想象。湘西之所以成为问题，这个地方人应当负较多责任。湘西的将来，不拘好或坏，这个地方人的关系都特别大。湘西的神秘，只有这一个区域不易了解，值得了解。

它的地域已深入苗区，文化比沅水流域任何一县都差得多，然而民国以来湖南的第一流政治家熊希龄先生，却出生在那个小小县城里。地方可说充满了迷信，然而那点迷信却被历史很巧妙的糅合在军人武德里，因此反而增加了军人的勇敢性与团结性。去年在嘉善守兴登堡国防线抗敌时，作战之沉着，牺牲之壮烈，就见出迷信实无碍于它的军人职务。县城一个完全小学也办不好，可是许多青年却在部队中当过一阵兵后，辗转努力，得入正式大学，或陆军大学，成绩都很好。一些由行伍出身的军人，常识且异常丰富；个人的浪漫情绪与历史的宗教情绪结合为一，便成游侠者精神，领导得人，就可成为卫国守土的模范军人。这种游侠精神若用不得其当，自然也可以见出种种短处。或一与领导者离开，即不免在许多事上精力浪费。甚焉者即糜烂地方，尚不自知。总之，这个地方的人格与道德，应当归入另一型范。由于历史环境不同，它的发展也就不同。

凤凰军校阶级不独支配了凤凰，且支配了湘西沅水流域二十县。它的弱点与二十年来中国一般军人弱点相似，即知道管理群众，不大知道教育群众。知道管理群众，因此在统治下社会秩序尚无问题。不大知道教育群众，因此一切进步的理想都难实现。地方边僻，且易受人控制，如数年前领导者陈渠珍被何键压迫离职，外来贪污与本地土劣即打成一片，地方受剥削宰割，毫无办法。民性既刚直，团结性又强，领导者如能将这种优点成为一个教育原则，使湘西群众普遍化，人人各有一种自尊和自信心，认为湘西人可以把湘西弄好，这工作人人有份，是每人责任也是每人权利，能够这样，湘西之明日，就大不相同了。

典籍上关于云贵放蛊的记载，放蛊必与仇怨有关，仇怨又与男女事有关。换言之，就是新欢旧爱得失之际，蛊可以应用作争夺工具或报复工具。中蛊者非狂必死，惟系铃人可以解铃。这倒是蛊字古典的说明，与本意相去不远。看看贵州小乡镇上任何小摊子上都可以公开的买红砒，就可知道蛊并无如何神秘可言了。但蛊在湘西却有另外一种意义，与巫，与此外少女的落洞致死，三者同源而异流，都源于人神错综，一种情绪被压抑后变态的发展。因年龄、社会地位和其他分别，穷而年老的易成为蛊婆，三十岁左右的，易成为巫，十六岁到二十二三岁，美丽爱好而婚姻不遂的，易落洞致死。三者都以神为对象，产生一种变质女性神经病。年老而穷，怨愤郁结，取报复形式方能排泄情感，故蛊婆所作所为，即近于报复。三十岁左右，对神力极端敬信，民间传说如"七仙姐下凡"之类故事又多，结合宗教情绪与浪漫情绪而为一，因此总觉得神对她特别关心，发狂，呓语，天上地下，无往不至，必需作巫，执行人神传递愿望与意见工作，经众人承认其为神之子后，中和其情绪，狂病方不再发。年青貌美的女子，一面为戏文才子佳人故事所启发，一面由于美貌而有才情，婚姻不谐，当地武人出身中产者规矩又严，由压抑转而成为人神错综，以为被神所爱，因此死去。

善蛊的通称"草蛊婆"，蛊人称"放蛊"。放蛊的方法是用蛊类放果物中，毒蛊不外蚂蚁、蜈蚣、长蛇，就本地所有且常见的。中蛊的多小孩子，现象和通常害疟疾腹中生蛔虫差不多，腹胀人瘦，或梦见虫蛇，终于死去。病中若家人疑心是同街某妇人放的，就往去见见她，只作为随便闲话方式，客客气气的说："伯娘，我孩子害了点小病，总治不好，你知道什么小丹方，告我一个吧。小孩子怪可怜！"那妇人知道人疑心到她了，必说："那不要紧，吃点猪肝（或别的）就好了。"回家照方子一吃，果然就好了。病好的原因是"收蛊"。蛊婆的家中必异常干净，个人眼睛发红。蛊婆放蛊出于被蛊所逼迫，到相当时日必来一次。通常放一小孩子可以经过一年，放一树木（本地凡树木起瘿有蚁穴因而枯死的，多认为被放蛊死去）只抵两月。放自己孩子却可抵三年。蛊婆所在的街上，街邻照例对她都敬而远之的客气，她也就从不会对本街孩子过不去（甚至于不会对全城孩子过不去）。但某一时若迫不得已使同街孩子致死或城中孩子因受蛊死去，好事者激起公愤，必把这个妇人捉去，放在大六月天酷日下晒太阳，名为"晒草蛊"。或用别的更残忍方法惩治。这事官方从不过问。即或这妇人在私刑中死去，也不过问。受处分的妇人，有些极口呼冤，有些又似乎以为罪有应得，默然无语。然情绪相同，即这种妇人必相信自己真有致人于死的魔力。还有些居然招供出有多少魔力，施行过多少次，某时在某处蛊死谁，某地方某大树枯树自焚也是她做的。在招供中且俨然得到一种满足的快乐。这样一来，照习惯必在毒日下晒三天，有些妇人被晒过后病就好了，以为蛊被太阳晒过就离开了，成为一个常态的妇人。有些因此就死掉了，死后众人还以为替地方除了一害。其实呢，这种妇人与其说是罪人，不如说是疯婆子。她根本上就并无如此特别能力蛊人致命。这种妇人是一个悲剧的主角，因为她有点隐性的疯狂，致疯的原因又是穷苦而寂寞。

行巫者其所以行巫，加以分析，也有相似情形。中国其他地方巫术的执行者，同僧道相差不多，已成为一种游民懒妇谋生的职业。视个人的诈伪聪明程度，见出职业成功的多少。他的作为重在引人迷信，自己却清清楚楚。这种行巫，已完全失去了他本来性质，不会当真发疯发狂了。但凤凰情形不同。行巫术多非自愿的职业，近于"迫不得已"的差使。大多数本人平时为人必极老实忠厚，沉默寡言。常忽然发病，卧床不起，如有神附体，语音神气完全变过，或胡唱胡闹，天上地下，无所不谈。且哭笑无常，殴打自己，长日不吃，不喝，不睡觉。过三两天后，仿佛生命中有种东西，把它稳住了，因极度疲乏，要休息了，长长的睡上一天，人就清醒了。醒后对病中事竟毫无所知，别的人谈起她病中情形时，反觉十分羞愧。

可是这种狂病是有周期性的（也许还同经期有关系），约两三个月一次。每次总弄得本人十分疲乏，欲罢不能。按照习惯只有一个方法可以治疗，就是行巫。行巫不必学习，无从传授，只设一神坛，放一平斗，斗内装满谷子，插上一把剪刀。有的什么也不用，就可正式营业。执行巫术的方式，是在神前设一座位，行巫者坐定，用青丝绸巾覆盖脸上。重在关亡，托亡魂说话，用半哼半唱方式，谈别人家事长短，儿女疾病，远方人情形。谈到伤心处，谈者泗涕横溢，听者自然更嘘泣不止。执行巫术后，已成为众人承认的神之子，女人的潜意识，因中和作用，得到解除，因此就不会再发狂病。初初执行巫术时，且照例很灵，至少有些想不到的古怪情形，说来十分巧合。因为有事前狂态作宣传，本城人知道的多，行巫近于不得已，光顾的老妇人必甚多，生意甚好。行巫虽可发财，本人通常倒不以所得多少关心，受神指定为代理人，不作巫即受惩罚，设坛近于不得已。行巫既久，自然就渐渐变成职业，使术时多做作处，世人的好奇心同时又转移到新近设坛的别一妇人方面去，这巫婆若为人老实，便因此撤了坛，依然恢复她原有的生活，或作奶妈，或做小生意，或带孩子。为人世故，就成为三姑六婆之一，利用身分，串当地有身分人家的门子，陪老太太念经，或如《红楼梦》中与赵姨娘合作同谋之流妇女，行使点小法术，埋在地下，放在枕边，使"仇人"吃亏。或更作媒作中，弄一点酬劳脚步钱。小孩子多病，命大，就拜寄她作干儿子。小孩子夜惊，就为"收黑"，用个鸡蛋，咒过一番后，黄昏时拿到街上去，一路喊小孩名字，"八宝回来了吗？"另一个就答"八宝回来了"，一直喊到家。到家后抱着孩子手蘸唾沫抹抹孩子头部，事情就算办好了。行巫的本地人称为"仙娘"。她的职务是"人鬼之间的媒介"，她的群众是妇人和孩子，她的工作真正意义是她得到社会承认是神的代理人后，狂病即不再发，当地妇女为实生活所困苦，感情无所归宿，将希望与梦想寄在她的法术上，靠她得到安慰。这种人自然间或也会点小丹方，可以治小儿夜惊，膈食。用通常眼光看来，殊不可解，用现代心理学来分析，它的产生同它在社会上的意义，都有它必然的原因。一知半解的读书人，想破除迷信，要打倒它，否认这种"先知"，正说明另一种人的"无知"。

至于落洞，实在是一种人神错综的悲剧，比上述两种妇女病更多悲剧性。地方习惯是女子在性行为方面的极端压制，成为最高的道德。这种道德观念的形成，由于军人成为地方整个的统治者。军人因职务关系，必时常离开家庭外出，在外面取得对于妇女的经验，必使这种道德观增强，方能维持他的性的独占情绪与事实。因此本地认为最丑的事无过于女子不贞，男子听妇女有外遇，妇女若无家庭任何拘束，自愿解放，毫无关系的旁人亦可把女子捉来光身游街，表示与众共弃。下面故事是另外一个最好的例。

旅长刘某某，夫人是一个女子学校毕业生，平时感情极好。有同学某女士，因同学时要好，在通信中不免常有些女孩子的感情的话。信被这位军官见到后，便引起疑心。后因信中有句话语近于男子说的，"嫁了人你就把我忘了"，这位军官疑心转增。独自驻防某地，有一天忽然要马弁去接太太，并告马弁："你把太太接来，到离这里十里，一枪给我把她打死，我要死的不要活的。我要看看她还有一点热气，不同她说话。你事办得好，一切有我；事办不好，不必回来见我。"马弁当然一切照办。当真把旅长太太接来防地，到要下手时，太太一看情形不对，问马弁是什么意思。马弁就告她这是旅长的意思。太太说："我不能这样冤枉死去，你让我见他去说个明白！"马弁说："旅长命令要这么办，不然我就得死。"末了两人都哭了。太太让马弁把枪口按在心子上一枪打死了。（打心子好让血往腔子里流！）轿夫快快的把这位太太抬到旅部去见旅长，旅长看看后，摸摸脸和手，看看气已绝了，不由自主淌了两滴英雄泪，要马弁看一副五百块钱的棺木，把死者装殓埋了。人一埋，事情也就完结了。

这悲剧多数人就只觉得死者可悯，因误会得到这样结果，可不觉得军官行为成为问题。倘若女的当真过去一时还有一个情人，那这种处置，在当地人看来，简直是英雄行为了。

女子在性行为所受的压制既如此严酷，一个结过婚的妇人，因家事儿女勤劳，终日织布，绩麻，作醃菜，家境好的还玩骨牌，尚可转移她的情绪不至于成为精神病。一个未出嫁的女子，尤其是一个爱美好洁，知书识字，富于情感的聪明女子，或因早熟，或因晚婚，这方面情绪上所受的压抑自然更大，容易转成病态。地方既在边区苗乡，苗族半原人的神怪观影响到一切人，形成一种绝大力量。大树，洞穴，岩石，无处无神。狐，虎，蛇，龟，无物不怪。神或怪在传说中美丑善恶不一，无不赋以人性。因人与人相互爱悦和当前道德观念极端冲突，便产生人和神怪爱悦的传说，女性在性方面的压抑情绪，方藉此得到一条出路。落洞即人神错综之一种形式。背面所隐藏的悲惨，正与表面所见出的美丽，成分相等。

凡属落洞的女子，必眼睛光亮，性情纯和，聪明而美丽。必未婚，必爱好，善修饰。平时贞静自处，情感热烈不外露，转多幻想，间或出门，即自以为某一时无意中从某处洞穴旁经过，为洞神一瞥见到，欢喜了她。因此更加爱独处，爱静坐，爱清洁，有时且会自言自语，常以为那个洞神已驾云乘虹前来看她。这个抽象的神或为传说中的相貌，或为记忆中庙宇里的偶像样子，或为常见的又为女子所畏惧的蛇虎形状。总之这个抽象对手到女人心中时，虽引起女子一点羞怯和恐惧，却必然也感到热烈而兴奋。事实上也就是一种变形的自渎。等待到家中人注意这件事情深为忧虑时，或正是病人在变态情绪中恋爱最满足时。

通常男巫的职务重在和天地，悦人神，对落洞事即付之于职权以外，不能过问。辰州符重在治大伤，对这件事也无可如何。女巫虽可请本家亡灵对于这件事表示意见，或阴魂入洞探询消息，然而结末总似乎凡属爱情，即无罪过。洞神所欲，一切人力都近于白费。虽天王佛菩萨，权力广大，人鬼同尊，亦无从为力。（迷信与实际社会互相映照，可谓相反相成。）事到末了，即是听其慢慢死去。死的迟早，都认为一切由洞神作主。事实上有一半近于女子自己作主。死时女子必觉得洞神已派人前来迎接她，或觉得洞神亲自换了新衣骑了白马来接她，耳中有箫鼓竞奏，眼睛发光，脸色发红，间或在肉体上放散一种奇异香味，含笑死去。死时且显得神气清明，美艳照人。真如诗人所说："她在恋爱之中，含笑死去。"家中人多泪眼莹然相向，无可奈何。只以为女儿被神所眷爱致死。料不到女儿因在人间无可爱悦，却爱上了神，在人神恋与自我恋情形中消耗其如花生命，终于衰弱死去。

凡女子落洞致死的年龄，迟早不等，大致在十六到二十四五左右。病的久暂也不一，大致由两年到五年。落洞女子最正当的治疗是结婚，一种正常美满的婚姻，必然可以把女子从这种可怜的生活中救出。可是照习惯这种为神眷顾的女子，是无人愿意接回家中作媳妇的。家中人更想不到结婚是一种最好的法术和药物。因此末了终是一死。

湘西女性在三种阶段的年龄中，产生蛊婆女巫和落洞女子。三种女性的歇思底里亚，就形成湘西的神秘之一部。这神秘背后隐藏了动人的悲剧，同时也隐藏了动人的诗。至如辰州符，在伤科方面用催眠术和当地效力强不知名草药相辅为治，男巫用广大的戏剧场面，在一年将尽的十冬腊月，杀猪宰羊，击鼓鸣锣，来作人神和乐的工作，集收人民的宗教情绪和浪漫情绪，比较起来，就见得事很平常，不足为异了。

浪漫情绪和宗教情绪两者混而为一，在女子方面，它的排泄方式，有如上所述说的种种。在男子方面，则自然而然成为游侠者精神。这从游侠者的道德规律所表现的宗教性和戏剧性也可看出。妇女道德的形成，与游侠者的规律大有关系。游侠者对同性同道称哥唤弟，彼此不分。故对于同道眷属亦视为家中人，呼为嫂子。子弟儿郎们照规矩与嫂子一床同宿，亦无所忌。但条款必遵守，即"只许开弓，不许放箭"。条款意思就是同住无妨，然不能发生关系。若发生关系，即为犯条款，必受严重处分。这种处分仪式，实充满宗教性和戏剧性。下面一件记载，是一个好例。这故事是一个参加过这种仪式的朋友说的。

在野地排三十六张方桌（象征梁山三十六天罡），用八张方桌重叠为一个高台，桌前掘一见方一丈八尺的土坑，用三十六把尖刀竖立坑中，刀锋向上，疏密不一。预先用浮土掩着，刀尖不外露。

所有弟兄哥子都全副戎装到场，当时流行的装束是：青绉绸巾裹头，视耳边下垂巾角长短表示身分。穿纸甲，用棉纸捶炼而成，中夹头发，作成背心式样，轻而柔韧，可以挡刀刃。外穿密钮打衣，袖小而紧。佩平时所长武器，多单刀双刀，小牛皮刀鞘上绘有绿云红云，刀环上系彩绸，作为装饰。着青袴，裹腿，腿部必插两把黄鳝尾小尖刀。赤脚，穿麻练鞋。桌上排定酒盏，燃好香烛，发言的必先吃血酒盟心（或咬一公鸡头，将鸡血滴入酒中，或咬破手指，将本人血滴入酒中）。"管事"将事由说明，请众议处。事情是一个作大哥的嫂子有被某"老幺"调戏嫌疑，老幺犯了某条某款。女子年青而貌美，长眉弱肩，身材窈窕，眼光如星子流转。男的不过二十岁左右，黑脸长身，眉目英悍。管事把事由说完后，女子继即陈述经过，那青年男子在旁沉默不语。此后轮到青年开口时，就说一切都出于诬蔑。至于为什么诬蔑，他不便说，嫂子应当清清楚楚。那意思就是说嫂子对他有心，他无意。既经否认，各执一说，"执法"无从执行处分，因此照规矩决之于神。青年男子把麻鞋脱去，把衣甲脱去，光身赤脚爬上那八张方桌顶上去。毫无惧容，理直气壮，奋身向土坑跃下。出坑时，全身丝毫无伤。照规矩即已证实心地光明，一切出于受诬。其时女子头已低下，脸色惨白，知道自己命运不佳，业已失败，不能逃脱。那大哥揪着女的发髻，跪到神桌边去，问她："还有什么话说？"女的说："没有什么说的。冤有头，债有主，凡事天知道。"引颈受戮，不求饶也不狡辩。一切沉默。这大哥看看四面八方，无一个人有所表示，于是拔出背上军刀，一刀结果了这个因爱那小兄弟不遂心，反诬他调戏的女子。头放在神桌前，眉目下垂如熟睡。一伙哥子弟兄见事已完，把尸身拖到原来那个土坑里去，用刀掘土，把尸身掩埋了。那个大哥和那个幺兄弟，在情绪上一定都需要流一点眼泪，但身分上的习惯，却不许一个男子为妇人显出弱点，都默然无言，各自走开。

类乎这种事情还很多。都是浪漫与严肃，美丽与残忍，爱与怨，交缚不可分。

游侠者行径在当地也另成一种风格，与国内近代化的青红帮稍稍不同。重在为友报仇，扶弱锄强，挥金如土，有诺必践。尊重读书人，敬事同乡长老。换言之，就是还能保存一点古风。有些人虽能在川黔湘鄂数省边境号召数千人集会，在本乡却谦虚纯良，犹如一乡巴老，有兵役的且依然按时入衙署当值，听候差遣作小事情，凡事照常。赌博时用小铜钱三枚跌地，名为"板三"，看反复，数目，决定胜负，一反手间即输黄牛一头，银元一百两百，输后不以为意，扬长而去，从无翻悔放赖情事。决斗时两人用分量相等武器，一人对付一人，虽亲兄弟只能袖手旁观，不许帮忙，仇敌受伤倒下后，即不继续填刀，否则就被人笑话，失去英雄本色，虽胜不武。犯条款时自己处罚自己，割手截脚，脸不变色，口不出声。总之，游侠观念纯是古典的，行为是与太史公所述相去不远的。二十年闻名于川黔鄂湘各边区凤凰人田三怒，可为这种游侠者一个典型。年纪不到十岁，看木傀儡戏时，就携一血椿木[①]短棒，在戏场中向屯垦军子弟不端重的横蛮的挑衅，或把人痛殴一顿，或反而被人打得头破血流，不以为意。十二岁就身怀黄鳝尾小刀，称"小老

---

① 疑为血榈木之误。榈为一种质地坚密的杂木，有红、白二色。血椿木即红榈木。

湘西 077

么"，三江四海口诀背诵如流。家中老父开米粉馆，凡小朋友照顾的，一例招待，从不接钱。十五岁就为友报仇，走七百里路到常德府去杀一木客镖手，因听人说这个镖手在沅州有意调戏一个妇人，用手触过妇人的乳部，这少年就把镖手的双手砍下，带到沅州去送给那朋友。年纪二十岁，已称"龙头大哥"，名闻边境各处，然在本地每日抱大公鸡往米场斗鸡时，一见长辈或教学先生，必侧身在墙边让路，见女人必低头而过，见作小生意老妇人，必叫伯母，见人相争相吵，必心平气和劝解，且用笑话使大事化为小事。周济逢丧事的孤寡，从不出名露面。各庙宇和尚尼姑行为有不正当的，恐败坏当地风俗，必在短期中想方法把这种不守清规的法门弟子逐出境外。作龙头后身边子弟甚多，龙蛇不一，凡有调戏良家妇女，或赌博撒赖，或倚势强夺，经人告诉的，必招来把事情问明白，照条款处办。执法老幺，被派往六百里外杀人，随时动员，如期带回证据。结怨甚多，积德亦多。身体瘦黑而小，秀弱如一小学教员，不相识的绝不会相信这是湘西一霸。

光棍服软不服硬，白羊岭有一张姓汉子，出门远走云贵二十年，回家时与人谈天，问"本地近来谁有名？"或人说："田三怒。"姓张的稍露出轻视神气："田三怒不是正街卖粉的田家小儿子？"当夜就有人去叫张家的门，在门外招呼说："姓张的，你明天天亮以前走路，不要在这个地方住。不走路后天我们送你回老家。"姓张的不以为意，可是到后天大清早，有人发现他在一个桥头上斜坐着，走近身看看，原来两把刀插在心窝上，人已经死了。另外有个姓王的，卖牛肉讨生活，过节喝了点酒，酒后忘形，当街大骂田三怒不是东西，若有勇气，可以当街和他比比。正闹着，田三怒却从街上过身，一切听得清清楚楚。事后有人赶去告给那醉汉的母亲，老妇人听说吓慌了，赶忙去找他，哭哭啼啼，求他不要见怪。并说只有这个儿子，儿子一死，自己老命也完了。田三怒只是笑，说："伯母，这是小事情，他喝了酒，乱说玩的。我不会生他的气。谁也不敢挨他，你放心。"事后果然不再追究。还送了老妇人一笔钱，要那儿子开个面馆。

田三怒四十岁后，已豪气稍衰，压倦了风云，把兄弟遣散，洗了手，在家里养马种花过日子。间或骑了马下乡去赶场，买几只斗鸡，或携细尾狗，带长网去草泽地打野鸡，逐鹌鹑，猎猎野猪，人料不到这就是十年前在川黔边境增加了凤凰人光荣的英雄田三怒。本人也似乎忘记自己作了些什么事。一天下午，牵了他那两匹骏健白马出城下河去洗马。城头上有两个懦夫居高临下，用两支匣子炮由他身背后打了约十三发子弹，有两粒子弹打在后颈上，五粒打在腰背上。两匹白马受惊，脱了僵沿城根狂奔而去。老英雄受暗算后，伏在水边石头上，勉强翻过身来，从怀中掏出小勃郎宁拿在手上，默然无声。他知道等等就会有人出城来的。不一会，懦夫之一果然提着匣子炮出城来了，到离身三丈左右时，老英雄手一扬起，枪声响处那懦夫倒下，子弹从左眼进去，即刻死了。城头上那个懦夫在隐蔽处重新打了五枪。田三怒教训他："狗杂种，你做的事丢了镇筸人的丑。在暗中射冷箭，不像个男子。你怎不下来？"懦夫不作声。原来城上来了另外的人，这行刺的就跑了。田三怒知道自己不济事了，在自己太阳穴上打了一枪，便如此完结了自己，也完结了当地最后一个游侠者。

派人作这件事情的，到后才知道是一个姓唐的。这个人也可称为苗乡一霸，辛亥革命领率苗民万人攻城，牺牲苗民将近六千人，北伐时随军下长江，曾任徐海警备司令。卸职还乡后称"司令官"，在离城十里长宁哨新房子中居家纳福。事有凑巧，作了这件事后，过后数年，这人居然被一个驻军团长，不知天高地厚，把他捉来放在牢里，到知道这事不妥时，人已病死狱中了。

田三怒子弟极多，十年来或因年事渐长，血气已衰，改业为正经规矩商人。或带剑从军，参加各种内战，牺牲死去。或因犯案离乡，漂流无踪。在日月交替中，地方人物新陈代谢，风俗习惯日有不同。因此到近年来，游侠者精神虽未绝，所有方式已大大有了变化。在那万山环绕的小小石头城中，田三怒的姓名，已逐渐为人忘却，少年子弟中有从图画杂志上知道"飞将军"，"小黑炭"，"美人鱼"，"毛泽东"等人的事业，却不知道田三怒是谁。

当年田三怒得力助手之一，到如今还好好存在，为人依然豪侠好客，待友以义，在苗民中称领袖，这人就是去年使湘西发生问题，迫何键去职，使湖南政治得一转机的龙云飞。二十年前眼目精悍，手脚麻利，勇敢如豹子，轻捷如猿猴，身体由城墙头倒掷而下，落地时尚能作矮马桩姿势。在街头与人决斗，杀人后下河边去洗手时，从从容容如毫不在意。现在虽尚精神矍烁，面目光润，但已白发临头，谦和宽厚如一长者。回首昔日，不免有英雄老去之慨！

这种游侠者精神既浸透了三厅子弟的脑子，所以在本地读书人观念上也发生影响，军人政治家，当前负责收拾湘西的陈老先生[1]，

---

[1] 即陈渠珍。1938年初，复出任沅陵绥靖公署主任。

年近六十，体气精神，犹如三十许青年壮健，平时律己之严，驭下之宽，以及处世接物，带兵从政，就大有游侠者风度。少壮军官中，如师长顾家齐、戴季韬辈，虽受近代化训练，面目文弱和易如大学生，精神上多因游侠者的遗风，勇鸷慓悍，好客喜弄，如太史公传记中人。诗人田星六，诗中就充满游侠者霸气。山高水急，地苦雾多，为本地人性格形成之另一面。游侠者精神的浸润，产生过去，且将形成未来。

# 苗民问题

湘西苗民集中在三个县分内，就是白河上游和保靖毗连的永绥县，洞河上游的乾城县，麻阳河上游与麻阳接壤的凤凰县。就地图看，这三个县分又是相互连接的。对于苗民问题的研讨，应当作一度历史的追溯。它的沿革，变化，与屯田问题如何不可分，过去国家对于它的政策的得失，民国以来它随内战的变化所受的种种影响。他们生计过去和当前在如何情形下支持，未来可能有些什么不同。他们如何得到武器，由良民而成为土匪，又由土匪经如何改造，就可望成为当前最需要的保卫国家土地一分子。这问题如其他湘西别的问题一样，讨论到它时，可说的话实在太多。可是本文不拟作这种讨论。大多数人关心它处，恐不是苗民如何改造，倒是这些被逼迫到边地的可怜同胞，他们是不是当真逢货即抢，见人必杀？他们是不是野蛮到无可理喻？他们是不是将来还会……？这一串疑问都是必然的。正因为某一时当地的确有上述种种问题。

这种旧账算来，令人实在痛苦，我们应当知道，湘西在过去某一时，是一例被人当作蛮族看待的。虽愿意成为附庸，终不免视同化外。被歧视也极自然，它有两种原因，一是政治的策略，统治一省的负责者，在习惯上的错误，照例认为必抑此扬彼，方能控制这个民苗混处的区域。一是缺少认识，负责者对于湘西茫然无知，既从不作过当前社会各方面的调查，也从不作过历史上民族性的分析，只凭一群毫无知识诈伪贪污的小官小吏来到湘西所得的印象，决定所谓应付湘西的政治策略。认识既差，结果是政策一时小有成功，地方几乎整个糜烂。这件事现在说来，业已成为过去了。未来呢，湘西必重新交给湘西人负责，领导者又乐于将责任与湘西优秀分子共同担负，且更希望外来知识分子帮忙，把这个地方弄得更好一点，方能够有个转机。对整个问题，虽千头万绪，无从谈起；对苗民问题，应当有一根本原则，即一律平等，教育，经济，以及人事上的位置，原则上应力求平等。去歧视，去成见，去因习惯而发生的一切苛扰。在可能情形下，且应奖励客苗交通婚姻。能够这样，湘西苗民是不成为问题的。至于当前的安定，一个想到湘西来的人，除了作汉奸，贩毒品，以及还怀着荒唐妄想，预备来湘西搜括剥削的无赖汉，这三种人不受欢迎，此外战区逃来的临时寄居者，拟来投资的正当商人，分发到后方的一切公务人员和知识分子，以及无家可归的难民妇孺，来到湘西，都必然得到应有的照顾和帮助，不至于发生不应当有的困难。湘西人欢喜朋友，知道尊重知识，需要人来开发地面，征服地面，与组织群众，教育群众。凡是来到湘西的，只要肯用一点时间先认识湘西，了解湘西，对于湘西的一切，就会作另外看法，不至于先入为主感觉可怕了。一般隔靴搔痒者惟以湘西为匪区，作匪又认为苗人最多，最残忍，这即或不是一种有意诬蔑，还是一种误解。殊不知一省政治领导得人，当权者稍有知识和良心，不至于过分勒索苛刻这类山中平民，他们大多数在现在中国人中，实在还是一种最勤苦，俭朴，能生产，而又奉公守法，极其可爱的善良公民。

湘西人充过兵役的，被贪官污吏坏保甲逼到无可奈何时，容易入山作匪，并非乐于为匪，一种开明的贤人政治，正人君子政治，专家政治，如能实现，治理湘西，应当比治理任何地方还容易。

湘西地方固然另外还有一种以匪为职业的，这种分子，不尽是湘西人，尤其不是善良的苗民，大多数是边境上的四川人，贵州人，湖北人，以及少数湘西人。这可说是几十年来中国内战的产物。这些土匪寄身四省边界上，来去无定。这种土匪使湘西既受糜烂，且更负一个"匪区"名分。解决这问题，还是应当从根本上着手，使湘西成为中国的湘西，来开发，来教育。

卅年一月七日校毕，时在昆明郊外，天晴有风。

# 附 录

# 市　集[①]

廉纤的毛毛细雨，在天气还没有大变以前欲雪未能的时节，还是霏霏微微一阵阵落将下来。一个小小乡场，位置在又高又大陡斜的山脚下，前面濒着一条躯躯儿[②]的河，为着如烟如雾雨丝，织成的帘幕，一起把它蒙罩着了。

照例的三八市集[③]，还是照例的有好多好多乡下人，小田主，买鸡到城里去卖的小贩子，花幞头大耳环丰姿隽爽的苗姑娘，以及一些穿灰色号褂子口上说是来察场弹压的讨人烦腻的副爷们，与穿高筒子老牛皮靴的团总，各从附近的乡村来做买卖。他们她们半路上由草鞋底带了无数黄泥浆到集上来，又从场上大坪坝内带了不少的灰色浊泥归去。去去来来，人也数不清多少。但似乎也并无一个做傻事去试数过一次。

---

[①] 本篇发表于《燕大月刊》。后又先后刊载于 1925 年 4 月 21 日《京报·民众文艺》和 1925 年 11 月 11 日《晨报副刊》，分别以休芸芸和沈从文署名。《京报·民众文艺》刊发时，文后有"附告白"。《晨报副刊》刊载时，文后附有"志摩的欣赏"。本文据《京报·民众文艺》排印，将"志摩的欣赏"作为附录收入。

[②] 躯躯儿：凤凰方言，小小之意。

[③] 三八市集：湘西风俗，在约定俗成的乡场上，每 5 天为 1 集，相邻各地赶集日子错开。三八市集，即市集的日子为每月初二、十三、二十三日和初八、十八、二十八日。

集上的骚动，吵吵闹闹，凡是到过南方（湖湘以西）乡下的人，是都会知道的。

倘若你是由远远的另一处地方听着，那种喧嚣的起伏，你会疑心到是滩水流动的声音了！

他们形成这种洪壮的潮声，还只是一般做生意人在讨论价钱时很和平的每个论调而起。就中虽也有遇到卖牛的场上几个人像唱戏黑花脸出台时那么大喊大嚷找经纪人，也有因秤上你骂我一句娘，我又骂你一句娘，你又骂我一句娘……然而究竟还是因为人太多，一两桩事，实在是万万不能做到的！

卖猪的场上，他们把小猪崽的耳朵提起来给买主看时，那种尖锐的小猪崽嘶喊声，使人听来不愉快至于牙齿根也发酸。卖羊的场上，许多美丽驯服的小羊儿咩咩的喊着。一些不大守规矩的大羊，无聊似的，两个把前蹄举起来，作势用前额"訇"的相碰。大概相碰是可以驱逐无聊的，所以第一次"訇"的碰后，却又作势立起来为第二次预备。牛场却单独占据在场左边一个大坪坝，因为牛的生意在这里占了全部交易四分一以上。那里四面搭起无数小茅棚（棚内卖酒卖面），为一些成交后的田主们喝茶喝酒的地方。那里有大锅大锅煮得"稀糊之烂"的牛脏类下酒物，有大锅大锅香喷喷的肥狗肉，有从总兵营一带担来卖的高粱烧酒；也还有城里馆子特意来卖面的。假若你是城里人来这里卖面，他们因为想吃香酱油的缘故，都会来你馆子，那么，你生意便比其他铺子要更热闹了。

到城里时，我们所见到的东西，不过小摊子上每样有点罢了！这里可就大不相同。单单是卖鸡蛋的地方，一排一排地摆列着，满箩满筐的装着，你数过去，总是几十担。辣子呢，都是一屋一屋搁着。此外干了的黄色草烟，用为染坊染布的五倍子和栎木皮，还未榨出油来的桐茶子，米场上白濛白濛的米，屠场上大只大只失了脑袋刮得净白的肥猪，大腿大腿红腻腻还在跳动的牛肉……都多得怕人。

不大宽的河下，满泊着载人载物的灰色黄色小艇，一排排挤挤挨挨的相互靠着，也难于数清。

集中是没有什么统系制度。虽然在先前开场时，总也有几个地方上的乡约伯伯，团总，守汛的把总老爷，口头立了一个规约，卖物的照着生意大小缴纳千分之几——或至万分之几，但也有百分之几——的场捐，或经纪佣钱，棚捐，不过，假若你这生意并不大，又不须经纪人，则不须受场上的拘束，可以自由贸易了。

到这天，做经纪的真不容易！脚底下笼着他那双厚底高筒的老牛皮靴子（米场的），为这个爬斗；为那个倒箩筐。（牛羊场的）一面为这个那个拉拢生意，身上让卖主拉一把，又让买主拉一把；一面又要顾全到别的地方因争持时闹出岔子的调排，委实不是好玩的事啊！大概他们声音都略略嚷得有点嘶哑，虽然时时为别人扯到馆子里去润喉。不过，他今天的收入，也就很可以酬他的劳苦了。

............

因为阴雨，又因为做生意的人各都是在别一个村子里坐家，有些还得在散场后走到二三十里路的乡村去；有些专靠漂场生意讨吃的还待赶到明天那个场上的生意，所以散场是很早。

不到晚炊起时，场上大坪坝似乎又觉得宽大空阔起来了！……再过些时候，除了屠桌下几只大狗在啃嚼残余因分配不平均的原故在那里不顾命的奋斗外，便只有由河下送来的几声清脆篙声了。

归去的人们，也间或有骑着家中打筛的雌马，马项颈下挂着一串小铜铃叮叮当当跑着的，但这是少数；大多数还是赖着两只脚在泥浆里翻来翻去。他们总笑嘻嘻的担着箩筐或背一个大竹背笼,满装上青菜,萝卜,牛肺,牛肝,牛肉,盐,豆腐,猪肠子……一类东西。早上提的小竹筒不消说是酒与油。有的拿草绳套着小猪小羊的颈项牵起忙跑;有的肩膊上挂了一个毛蓝布绣有白四季花或"福"字"万"字的褡裢,赶着他新买的牛(褡裢内当然已空);有的却是口袋满装着钱心中满装着欢喜,——这之间各样人都有。

我们还有机会可以见到许多令人妒羡,赞美,惊奇,又美丽,又娟媚,又天真的青年老妳(苗小姐)和阿妤(苗妇人)。

故乡归梦之一<br>三月二十日于窄而霉小斋

附告白:文中有许多叠句叠字处,看来已不大通,这乃是保全乡土趣味原故,只得如次。若是但失之鄙俚,那么,大概还会有个把读者感到趣味吧!

因为是写自己的梦,所以,即或无一个人感到趣味,那也没有什么要紧。左右我自己的梦过了。

还有,这个稿子曾寄到一处日报上去过,许多日子没有见登出,也没有退还,大概是擦灯罩子了;我因为眷恋故乡的梦不怕重做,是以又写出来。

# 街[①]

    有个小小的城镇,有一条寂寞的长街。

    那里住下许多人家,却没有一个成年的男子。因为那里出了一个土匪,所有男子便都被人带到一个很远很远的地方去,永远不再回来了。他们是五个十个用绳子编成一连,背后一个人用白木梃子敲打他们的腿,赶到别处去作军队上的搬运军火的伕子的。他们为了"国家",应当忘了"妻子"。

    大清早,各个人家从梦里醒转来了,各个人家开了门,各个人家的门里,皆飞出一群鸡,跑出一些小猪,随后男女小孩子出来站到门限上洒尿,或蹲到门前洒尿,随后便是一个妇人,提了小小的木桶,到街市尽头去提水。有狗的人家,狗皆跟到主人身前身后摇着尾巴,也时时刻刻照规矩在人家墙基上翘起一只腿洒尿,又赶忙追到主人前面去。这长街早上并不寂寞。

    当白日照到这长街时,这一条街静静的像在作午睡,什么地方柳树桐树上有新蝉单纯而又倦人的声音,许多小小的屋子里,湿而发霉的土地上,头发干枯脸儿瘦弱的孩子们,皆蹲到土地上或伏在

---

[①] 本篇发表于1931年7月15日《文艺月刊》2卷7号,署名沈从文。据《文艺月刊》编入。

母亲身边睡着了。作母亲的全按照一个地方的风气，当街坐下，织男子们束腰用的板带过日子。用小小的木制手机，固定在屋角一柱上，伸出憔悴的手来，便捷的把手中兽骨线板压着手机的一端，退着粗粗的棉线，一面用一个棕叶刷子为孩子们拂着蚊蚋。带子成了，便用剪子修理那些边沿，等候每五天来一次的行贩，照行贩所定的价钱，把已成的带子收去。

许多人家门对着门，白日里，日头的影子正正的照到街心不动时，街上半天还无一个人过身。每一个低低屋檐下人家里的妇人，各低下头来赶着自己的工作，做倦了，抬起头儿来，用疲倦的忧愁的眼睛，张望到对街一个铺子，或见到一条悬挂到檐下的带样，换了新的一条，便仿佛奇异的神气，轻轻的叹着气，用兽骨板击打自己的下颔，因为她一定想起一些事情，记忆到由另一个大城里来的收货人的买卖了。她一定还得想到另外一些事情。

有时这些妇人各把工作停顿下来，遥遥的谈着一切，最小的孩子已饿哭了，就拉开前幅的衣襟，抓出枯瘪的乳头，塞到那些小小口里去。她们谈着手边的工作，谈着带子价钱同棉纱价钱，谈到麦子和盐，谈到鸡的发瘟、猪的发瘟。

街上也常常有穿了朱红绸子大裤过身的女人，脸上抹胭脂擦粉，小小的髻子，光光的头发，都说明这是一个新娘子。到这时，小孩子便大声喊着看新娘子，大家完全把工作放下，站到门前望着，望到不见这新娘子的背影时始重重的换了一次呼吸，回到自己工作凳上去。

街上有时有一只狗追一只鸡，便可见到一个妇人持了长长的竹子打狗的事情，使所有小孩子们皆觉得好笑。长街在日里也仍然不寂寞。

街上有时什么人来信了。许多妇人皆争到跑出去，看看是什么人从什么地方寄来的。她们将听那认字的人，念及信内说到的一切，小孩子同狗，也常常凑着热闹，追随到那个人家里去，那个人家便不同了。但信中有时却说到一个人死了的这类事，于是主人便哭了。于是一切不相干的人，围聚在门前，过一会，又即刻走散了。这妇人，伏在堂屋里哭泣，另外一些妇人便代为照料到孩子，买豆腐，买酒，买纸钱，于是不久大家都知道那家男子已死掉了。

街上到黄昏时节，常常有妇人手中拿了小小簸箩，放了一些米，一个蛋，低低的喊出一个人的名字，慢慢地从街的一端走到另一端去。这为小孩子夜哭发热，使他在家中安静的一种方法。这方法，同时也就娱乐到一切坐到门边的小孩子。长街上这时节也不寂寞的。

黄昏里，街上各处飞着小小的蝙蝠，望到天上的云，同归巢还家的老鸹，背了小孩子到门前站定的女人们，一面摇动背上的孩子，一面总轻轻的唱着忧郁凄凉的歌，娱悦到心上的寂寞。

"爸爸晚上回来了，回来了，因为老鸹一到晚上也回来了！"

远处山上全紫了，土城擂鼓起更了，低低的屋里，有小小油灯的光，为画出屋中一切轮廓，听到筷子的声音，听到碗盏相磕的声音……但忽然间小孩子又哇的哭了。

爸爸没有回来，有些爸爸早已不存在到这世界上了，但并没有信来。有些在临死时还忘不了家中的一切，便托了便人带了信回来，得到这个信息哭了一整天的妇人，到晚上，便把纸钱放在门前焚烧，红红的火光照到街上下人家的屋檐，照到各个人家的大门。见到这火光的孩子们，也照例十分欢喜。长街这时节也并不寂寞的。

阴雨天的夜里，天上漆黑，街头无一个街灯，狼在土城外山嘴上嗥着，用鼻子贴近地面，如一个人的哭泣。地面仿佛浮动在这奇怪声音里。什么人家的孩子，在梦里醒来，吓哭了，母亲便说"莫哭，狼来了，谁哭谁就尽狼吃掉。"

卧在土城上高处木棚里一个老而残废的人，打着梆子。这里的人不须明白一个夜里有多少更次，且不必明白半夜里醒来是什么时候。那梆子声音，只是告给长街上人家，狼已爬进土城到了长街，要他们小心一点门户。

一到了阴雨的夜里，这长街更不寂寞，因为狼的争斗，使全街热闹了许多。冬天若半夜里落了雪，则早早的起身的人，开了门，便可看到狼的脚迹，同糍粑①一样印在雪里。

五月十日

---

① 糍粑：一种用糯米制作的食品，状如圆月。

# 小船上的信

船在慢慢的上滩,我背船坐在被盖里,用自来水笔来给你写封长信。这样坐下写信并不吃力,你放心。这时已经三点钟,还可以走两个钟头,应停泊在什么地方,照俗谚说:"行船莫算,打架莫看",我不过问。大约可再走廿里,应歇下时,船就泊到小村边去,可保平安无事。船泊定后我必可上岸去画张画。你不知见到了我常德长堤那张画不?那张窄的长的。这里小河两岸全是如此美丽动人,我画得出它的轮廓,但声音、颜色、光,可永远无本领画出了。你实在应来这小河里看看,你看过一次,所得的也许比我还多,就因为你梦里也不会想到的光景,一到这船上,便无不朗然入目了。这种时节两边岸上还是绿树青山,水则透明如无物,小船用两个人拉着,便在这种清水里向上滑行,水底全是各色各样的石子。舵手抿起个嘴唇微笑,我问他,"姓什么?""姓刘。""在这条河里划了几年船?""我今年五十三,十六岁就划船。"来,三三,请你为我算算这个数目。这人厉害得很,四百里的河道,涨水干涸河道的变迁,他无不明明白白。他知道这河里有多少滩,多少潭。看那样子,若许我来形容形容,他还可以说知道这河中有多少石头!是的,凡是较大的,知名的石头,他无一不知!水手一共是三个,除了舵手在后面管舵管篷管纤索的伸缩,前面舱板有两个人。

其中一个是小孩子，一个是大人。两个人的职务是船在滩上时，就撑急水篙，左边右边下篙，把钢钻打得水中石头作出好听的声音。到长潭时则荡桨，躬起个腰推扳长桨，把水弄得哗哗的，声音也很幽静温柔。到急水滩时，则两人背了纤索，把船拉去，水急了些，吃力时就伏在石滩上，手足并用的爬行上去。船是只新船，油得黄黄的，干净得可以作为教堂的神龛。我卧的地方较低一些，可听得出水在船底流过的细碎声音。前舱用板隔断，故我可以不被风吹。我坐的是后面，凡为船后的天、地、水，我全可以看到。我就这样一面看水一面想你。我快乐，就想应当同你快乐，我闷，就想要你在我必可以不闷。我同船老板吃饭，我盼望你也在一角吃饭。我至少还得在船上过七个日子，还不把下行的计算在内。你说，这七个日子我怎么办？天气又不很好，并无太阳，天是灰灰的，一切较远的边岸小山同树木，皆裹在一层轻雾里，我又不能照相，也不宜画画。看看船走动时的情形，我还可以在上面写文章，感谢天，我的文章既然提到的是水上的事，在船上实在太方便了。倘若写文章得选择一个地方，我如今所在的地方是太好了一点的。不过我离得你那么远，文章如何写得下去。"我不能写文章，就写信。"我这么打算，我一定做到。我每天可以写四张，若写完四张事情还不说完，我再写。这只手既然离开了你，也只有那么来折磨它了。

我来再说点船上事情吧。船现在正在上滩，有白浪在船旁奔驰，我不怕，船上除了寂寞，别的是无可怕的。我只怕寂寞。但这也正可训练一下我自己。我知道对我这人不宜太好，到你身边，我有时真会使你皱眉，我疏忽了你，使我疏忽的原因便只是你待我太好，纵容了我。但你一生气，我即刻就不同了。现在则用一件人事把两人分开，用别离来训练我，我明白你如何在支配我管领我！为了只想同你说话，我便钻进被盖中去，闭着眼睛。你瞧，这小船多好！你听，水声多幽雅！你听，船那么轧轧响着，它在说话！它说："两个人尽管说笑，不必担心那掌舵人。他的职务在看水，他忙着。"船真轧轧的响着。可是我如今同谁去说？我不高兴！

梦里来赶我吧，我的船是黄的，船主名字叫做"童松柏"，桃源县人。尽管从梦里赶来，沿了我所画的小堤一直向西走，沿河的船虽万万千千，我的船你自然会认识的。这里地方狗并不咬人，不必在梦里为狗吓醒！

你们为我预备的铺盖，下面太薄了点，上面太硬了点，故我很不暖和，在旅馆已嫌不够，到了船上可更糟了。盖的那床被大而不暖，不知为什么独选着它陪我旅行。我在常德买了一斤腊肝，半斤腊肉，在船上吃饭很合适……莫说吃的吧，因为摇船歌又在我耳边响着了，多美丽的声音！

我们的船在煮饭了，烟味儿不讨人嫌。我们吃的饭是粗米饭，很香很好吃。可惜我们忘了带点豆腐乳，忘了带点北京酱菜。想不到的是路上那么方便，早知道那么方便，我们还可带许多北京宝贝来上面，当"真宝贝"去送人！

你这时节应当在桌边做事的。

山水美得很，我想你一同来坐在舱里，从窗口望那点紫色的小山。我想让一个木筏使你惊讶，因为那木筏上面还种菜！我想要你来使我的手暖和一些……

十三日下午五时

# 水手们

## ——三三专利读物

天气真冷。昨晚船歇到曾家河,睡得不好,醒了许多次,全是冷醒的。醒了以后就有许久不能再睡去,常常擦自来火看小表的时间。皮袍子全搭到上面还不济事,我悔当时不肯带褥子来。

睡不着时我就心想:若落点雪多好。照南方规矩,天太冷了必落雪,一落了雪天就暖和了。天亮时船篷沙沙的响,有人说"落了雪",我忘了天气,只描摹那雪景。到后天已大亮时,看看雪已落了很多,气候既不转好,各个船又不能开动,你想,半路上停顿下来多急人。这样蹲下去两头无着,我是受不了的。我的船既是包定的,我的日子又有限度,不开船可不行!故我为他们称几斤鱼,这几斤鱼把船弄活动了,这时节的船,已离开原泊地方二十多里了。天气还是极冷,船仍然在用篙桨前进,两岸全是白色,河水清明如玉。一切都好得很!我要你!倘若两个人在这小船上,就一切全不怕了。想到南方天气已那么冷,北方还不知冻到什么样子。我恐怕你寂寞得很,又怕你被人麻烦,被事麻烦,我因此事也做不下去。

这船今天能歇到什么地方,我不明白,船上人也不明白。这时已十二点钟,两岸有鸡叫,有狗叫,有人吵骂声音,我算算你们应在桌边吃午饭了。我估计你们也正想到我。我心里很烦乱……

今天太冷,我的画也不能着手了。我只坐在被盖里,把纸本子搁在膝上写信,但一面写字一面就不快乐。我忙着到家,也忙着回转北京,但是天知道,这小船走得却如何慢!天气既那么冷,还得使三个划船人在水里风里把船弄上去,心中又不安。使他们高兴倒容易,晚上各人多吃半斤肉,这船就可以在水面上飞。可是我自己,却应当怎么办?三三,我自己真不知道如何办。做了点文章,又做不下去。校改了自己的书一遍,又觉得书也写得平平常常,不足注意。看看四丫头的相同你的相,就想起为四丫头改的文章,还无完成的希望,不知远处有个候补作家,正在如何怨我。照照镜子,镜中的我可瘦得怕人。当真的,人这样瘦,见了家中人又怎么办?我实在希望我回到家中时较肥一点,但天气那么坏,船那么慢,你隔得我又那么远,我有什么办法可以胖些?这么走路上可能要廿多天!

我心里有点着急。但是莫因我的着急便难过。在船上的一个,是应当受点罪,请把好处留给我回来,把眼泪与一切埋怨皆留到我回来再给我,现在还是好好的做事,好好的过日子吧。

我想我的信一定到得不大有秩序,我还担心有些信你收不到。因为在平汉车上发的六七封信,差不多全是交托车站上巡警发的,那些巡警即或不至于把信失掉,也许一搁在袋子里就是两天,保不定长沙的信到时,河南的信反而不到!

我又听到摇橹人歌声了,好听得很。但越好听也就越觉得船上没有你真无意思⋯⋯

三三,我今天离开你一个礼拜了。日子在旅行人看来真不快,因为这一礼拜来,我不为车子所苦,不为寒冷所苦,不为饮食马虎所苦,可是想你可太苦了。

路上的鱼很好，大而活鲜鲜的鱼，一毛二分钱一斤，用白水煮熟实在好吃得很。这河里原本出好鱼，最好的是青鱼，鲜得如海味，你不吃过也就想不到那个好处。

船停了，真静。一切声音皆像冷得凝固了，只有船底的水声，轻轻的轻轻的流过去。这声音使人感觉到它，几乎不是耳朵，却只是想象。但当真却有声音。水手在烤火，在默默的烤火。

说到水手，真有话说了。三个水手有两个每说一句话中必有个野话字眼儿在前面或后面，我一天来已跟他们学会三十句野话。他们说野话同使用符号一样，前后皆很讲究。倘若不用，那么所说正文也就模糊不清了。我很希奇，不明白他们从什么方面学来这种野话。

船又开了，为了开船，这船上舵手同水手谈论天气，我试计算计算，十九句话中就说了十七个坏字眼儿。仿佛一世的怨愤，皆得从这些野话上发泄，方不至于生病似的。说到他们的怨愤，我又想起这些人的生活来了。我这次坐这小船，说定了十五块钱到地。吃白饭则一千文一天，合一角四分。大约七天方可到地，船上共用三人，除掉舵手给另一岸上船主租钱五元外，其余轮派到水手的，至多不过两块钱。即作为两块钱，则每天仅两毛多一点点。像这样大雪天气，两毛钱就得要人家从天亮拉起一直到天黑，遇应当下水时便即刻下水，你想，多不公平的事！但这样船夫在这条河里至少就有卅万，全是在能够用力时把力气卖给人，到老了就死掉的。他们的希望只是多吃一碗饭，多吃一片肉，拢岸时得了钱，就拿去花到吊脚楼上女人身上去，一回两回，钱完事了，船又应当下行了。天气虽有冷热，这些人生活却永远是一样的。他们也不高兴，为了船搁浅，为了太冷太热，为了租船人太苛刻。他们也常大笑大乐，为了顺风扯篷，为了吃酒吃肉，为了说点粗糙的关于女人的故事。他们也是个人，但与我们都市上的所谓"人"却相离多远！一看到这些人说话，一同到这些人接近，就使我想起一件事情，我想好好的来写他们一次。我相信若我动手来写，一定写得很好。但我总还嫌力量不及，因为本来这些人就太大了。三三，这些船夫你若见到时，一定也会发生兴味的。船夫分许多种，最活泼有趣勇敢耐劳的为麻阳籍水手，大多数皆会唱会闹，做事一股劲儿，带点憨气、且野得很可爱。麻阳人划船成为专业，一条辰河至少就应当有廿万麻阳船夫。这些人的好处简直不是一个人用口说得尽的，你若来，你只需用眼睛一看就相信我的话了。我过一阵下行，就想搭麻阳船。

三三，你若坐了一次这样小船，文章也一定可以写得好多了。因为船上你就可以学许多，水上你也可以学许多，两岸你还可以学许多！

我回来时当为你照些水手相来，还为你照个住吊脚楼的青年乡下妓女相来（只怕片子太少，到了城中就完事了）。这些人都可爱得很，你一定欢喜他们。

我颈脖也写木了，位置不对，我歇歇，晚上在蜡烛下再告你些。

二哥
十四下午一点

# 河街想象

三三，

我的心不安定，故想照我预定计划把信写得好些也办不到。若是我们两个人同在这样一只小船上，我一定可以作许多好诗了。

我们的小船已停泊在两只船旁边，上个小石滩就是我最欢喜的吊脚楼河街了。可惜雨还不停，我也就无法上街玩玩了。但这种河街我却能想象得出。有屠户，有油盐店，还有妇人提起烘笼烤手，见生人上街就悄悄说话。街上出钱纸，就是用作烧化的，这种纸既出在这地方，卖纸铺子也一定很多。街上还有个小衙门，插了白旗，署明保卫团第几队，作团总的必定是个穿青羽绫马褂的人。这种河街我见得太多了，它告我许多知识，我大部提到水上的文章，是从河街认识人物的。我爱这种地方、这些人物。他们生活的单纯，使我永远有点忧郁。我同他们那么"熟"——一个中国人对他们发生特别兴味，我以为我可以算第一位！但同时我又与他们那么"陌生"，永远无法同他们过日子，真古怪！我多爱他们，五四以来用他们作对象我还是唯一的一人！

我泊船的上面就恰恰是《柏子》文章上提到的东西，我还可以看到那些大脚妇人从窗口喊船上人。我猜想得出她们如何过日子，我猜得毫不错误。

四点

我吃过晚饭了,豆腐干炒肉,腊肝,吃完事后,又煮两个鸡蛋。我不敢多吃饭,因为饭太硬了些,不能消化。我担心在船上拖瘦,回到家里不好看,但照这样下去却非瘦不可的。我想喝点汤就办不到。想吃点青菜也办不到。想弄点甜东西也办不到。水果中在常德时我买得有梨子同金钱桔,但无用处,这些东西皆不宜于冬天在船上吃……如今既无热水瓶,又无点心,可真只有硬捱了。

又听到极好的歌声了,真美。这次是小孩子带头的,特别娇,特别美。你若听到,一辈子也忘不了的。简直是诗。简直是最悦耳的音乐。二哥蠢人,可惜画不出也写不出。

三三,在这条河上最多的是歌声,麻阳人好像完全是吃歌声长大的。我希望下行时坐的是一条较大的船,在船上可以把这歌学会。

十四日下五点十分

# 忆麻阳船

天气还早得很,水手就泊了船,水面歌声虽美丽得很,我可不能尽听点歌声就不寂寞!我心中不自在。我想来好好的报告一些消息。从第一页起,你一定还可以收到这种通信四十页。

这时节正是五点廿五分,先前摇橹唱歌的那只大船已泊近了我的船边,只听到许多人骂野话。许多篙子钉在浅水石头上的声音,且有人大嚷大骂。三三,你以为这是"吵架",是不是?你错了。别担心,他们不过是在那里"说话"罢了。他们说话就永远得用个粗野字眼儿,遇要紧事情时,还得在每句话前后皆用野话相衬,事情方做得顺手。这种字眼儿的运用,父子中间也免不了。你不要以为这就是野人。他们骂野话,可不做野事。人正派得很!船上规矩严,忌讳多。在船上客人夫妇间若撒了野,还得买肉酬神。水手们若想上岸撒野,也得在拢岸后的。他们过得是节欲生活,真可以说是庄严得很!

船中最美的恐怕应得数麻阳船。大麻阳船有"鳅鱼头"同"五舱子",装油两千篓,摇橹三十人,掌舵的高据后楼,下滩时真可谓堂皇之至!我就坐过这样大船一次,还有床同玻璃窗,各处皆是光溜溜的。十四年后这船还使我神往。其次是小船,就是我如今坐的"桃源划子"。但我不幸得很,遇到几个懒人。我对他们无办法。

我看情形到家中必需十天，这数目加上从北平到桃源的四天，一共就是十四天，下行也许可以希望少两天，但因此一来，我至多也只能在家中住四天了。我运气坏，遇到这种小船真说不出口。看到他们早早的停泊，我竟不知怎么办。照规矩他们又可以自由停泊的，他们可以从各样事情上找机会，说出不能开动的理由。我呢，也觉得天气太冷，不忍要他们在水中受折磨。可是旁人少受些折磨，我就多受些折磨，你说我怎么办？

我先以为我是个受得了寂寞的人，现在方明白我们自从在一处后，我就变成一个不能够同你离开的人了……三三，想起你我就忍受不了目前的一切了。我真像从前等你回信，不得回信时神气。我想打东西，骂粗话，让冷风吹冻自己全身。我明白我同你离开越远也反而越相近。但不成，我得同你在一处，这心才能安静，事也才能做好！我试过如何来利用这长长的日子写篇小说，思想很乱，无论如何竟写不出什么来。

一月十四下六时

# 鸭窠围清晨

　　这时已七点四十分了,天还不很亮。两山过高,故天亮较迟。船上人已起身,在烧水扫雪,且一面骂野话玩着。对于天气,含着无可奈何的诅咒。木筏正准备下行,许多从吊脚楼上妇人处寄宿的人,皆正在下河,且互相传着一种亲切的话语。许多筏上水手则各在移动木料。且听到有人锐声装女人无意思的天真烂漫的唱着,同时便有斧斤声和锤子敲木头的声音。我的小船也上了篷,着手离岸了。

　　昨晚天气虽很冷,我倒好。我明白冷的原因了。我把船舱通风处皆杜塞了一下,同时却穿了那件旧皮袍睡觉。半夜里手脚皆暖和得很,睡下时与起床时也很舒服方便。我小船的篷业已拉起,在潭里移动了。只听到人隔河岸"牛保,牛保,到哪囊去了?"河这边等了许久,方仿佛从吊脚楼上一个妇人被里逃出,爬在窗边答着"宋宋,宋宋,你喊那样?早咧。""早你的娘!""就算早我的娘!"最后一句话不过是我想象的,因为他已沉默了,一定又即刻回到床上去了。我还估想他上床后就会拧了一下那妇人,两人便笑着并头睡下了的。这分生活真使我感动得很。听到他们的说话,我便觉得我已经写出的太简单了。我正想回北京时用这些人作题材,写十个短篇,或我告给你,让你来写。写得好,一定是种很大的成功。这时我们的船正在上行，沿了河边走去，许多大船同木筏，昨晚停泊在上游一点的，也皆各在下行，我坐在舱中，就只听到水面人语声，以及橹桨搅水声，与橹桨本身被推动时咿咿哑哑声。这真是圣境。我出去看了一会儿，看到这船筏浮在水面，船上还扬着红红的火焰同白烟，两岸则高矗而上，如对立巨魔，颜色墨绿。不知什么地方有老鸦叫着出窠，不知什么地方有鸡叫着，且听得着岸旁有小水鸡吱吱吱吱的叫，不知它们是种什么意思，却可以猜想它们每早必这样叫一大阵。这点印象实实在在值得受份折磨得到它。

我正计算了一阵日子。我算作八号动身，应在下月七号到地见你。今天我已走了十天，至多还加个五天我必可到家。若照船上人说来，他们包我下行从浦市到桃源作三天（这一段路上行我们至少需八天），从桃源到常德一天，从常德到长沙一天，从长沙到汉口一天，汉口停一天，再从汉口到北平两天，加上从我家回到浦市两天，则路上共需十一天。共加拢来算算，则我可在家中住四天。恐怕得多住一天，则汉口我不耽搁，时间还是一样的……今天十七，我快则二十天后可以见你，慢也不过二十三天，我希望至迟莫过十号，我们可以在北京见面。我希望这次回到家中，可以把你一切好处让家中人知道，我还希望为你带些有趣味的东西，同家中人对你的好意给你。我一到家一定就有人问："为什么不带张妹来？"我却说："带来了，带来了。"我带来的是一个相片，我送他们相片看。事实上则我当真也把你带来了，因为你在我的心上！不过我不会把这件事告给人，我不让他们从这个事情上得到一个发笑的机会。一个人过分吝啬本不是件美德，我可不能不吝啬了。

今天风好像不很大，船会赶不到辰州。然而至多明天我总可到辰州的。我一到地就有两件事可做，第一是打电话回去，告大哥我已到了辰州，第二是打电报给你，希望你把钱寄来。我这次下行，算算有九十块钱已够了，但我希望手边却有一百廿块钱，因为也许得买点东西回北京来送人。这里许多东西皆是北京人的宝贝，正如同北京许多东西是这里宝贝一样。我动身时一定有人送我小东小西，我真盼望所有东西全是可以使你欢喜的，或转送四丫头，使四丫头惊奇的。

这时已八点四十，天还黩黩的。也许这小表被我拨快了一些，也许并不是小表的罪过。从这次上行的经验看来，不拘带什么皆不会放坏，故下行时也许还可以为你带些古怪食物！九九是多年不吃冻菌了的，我预备为她带些冻菌。你欢喜酸的，我预备请大嫂为你炒一罐胡葱酸。四丫头倾心苗女人，我可以为她买一块苗妇人手做的冻豆腐。时间若许我从容些，我还能同三哥到乡下去赶次场，说不定我尚可为四丫头带点狗肉来。我想带的可太多了，一个火车厢恐怕也装不下。正因为这样子，或者我一样不带。

我忘了问张大姐要些什么了。请先告她，我若到苗乡去，当为她带个苗人用的顶针或针筒来。我那里针筒皆镂花，似乎还不坏。我还听同乡说本城酱油已出名，且成为近日来运销出口的一种著名东西，下可以到长沙，上可以到川东黔省，真想不到。我无论如何总为你们带点酱油来的。

九点四十五分，我小船停泊在一个滩岨乱石间，大家从从容容吃过了早饭。又吃鱼。吃了饭后船上人还在烤烤火，我就画了一个对河的小景。对河有人家处色泽极其美丽，名为"打油溪"。还有长长的墙垣，一定就是油坊。住在这种地方不作诗却来打油，古怪透了。画刚打好稿子，船就开了。今天小船还应上两个大滩，"九溪"同"横石"，这滩还不很难上，可是天气怪冷，水手真苦。说不定还得落水去拉船。近辰州时又还有个长十里的急流，无风时也很费事。今天风不好，不能把船送走，故看情形还赶不到辰州。我希望明天上半天可到，用半天日子做一切事，后天就可上行。我还希望到了辰州可以从电话中谈几句话，告他一切，也让他们放心些，不然收到了你的信后，却不见我到家，岂不希奇。

今天更冷，应当落大雪了，可是雪总落不下来。南方天气我疏远得太久了，如今看来同看一本新书一样，处处不像习惯所能忍受的样子，我若到这些地方长住下去，性格一定沉郁得很了。但一到春天，这里可太好了。就是这种天气，山中竹雀画眉依然叫得很好，一到春天，是可想而知的。

## 滩上挣扎

我不说除了掉笔以外还掉了一支……吗？我知道你算得出那是一支牙骨筷子的。我真不快乐，因为这东西总不能单独一支到北平的。我很抱歉。可是，你放心，我早就疑心这筷子即或有机会掉到河中去，它若有小小知觉，就一定不愿意独自落水。事不出我所料，在舱底下我又发现它了。

今天我小船上的滩可特别多，河中幸好有风，但每到一个滩上，总仍然很费事。我伏卧在前舱口看他们下篙，听他们骂野话。现在已十二点四十分，从八点开始只走了卅多里，还欠七十里，这七十里中还有两个大滩，一个长滩，看情形又不会到地的。这条河水坐船真折磨人，最好用它来作性急人犯罪以后的处罚。我希望这五点钟内可以到白溶下面泊船，那么明天上午就可到辰州了。这时船又在上一个滩，船身全是侧的，浪头大有从前舱进自后舱出的神气，水流太急，船到了上面又复溜下，你若到了这些地方，你只好把眼睛紧紧闭着。这还不算大滩，大滩更吓人！海水又大又深，但并不吓人，仿佛很温和。这里河水可同一股火样子，太热情了一点。好像只想把人攫走，且好像完全凭自己意见做去。但古怪，却是这些弄船人。他们逃避急流同漩水的方法可太妙了，不管什么情形他们总有办法避去危险。到不得已时得往浪里钻，今天已钻三回,可是又必有方法从浪里找出路。他们逃避水的方法,比你当年避我似乎还高明。他们明白水,且得靠水为生,却不让水把他们攫去。他们比我们平常人更懂得水的可怕处,却从不疏忽对于水的注意。你实在还应当跟水手学两年,你到之江避暑,也就一定有更多情书可看了。

············

我离开北平时,还计划到,每天用半个日子写信,用半个日子写文章。谁知到了这小船上,却只想为你写信,别的事全不能做。从这里看来我就明白没有你,一切文章是不会产生的。先前不同你在一块儿时,因为想起你,文章也可以写得很缠绵,很动人。到了你过青岛后,却因为有了你,文章也更好了。但一离开你,可不成了。倘若要我一个人去生活,作什么皆无趣味,无意思。我简直已不像个能够独立生活下去的人。你已变成我的一部分,属于血肉、精神一部分。我人并不聪明,一切事情得经过一度长长的思索,写文章如此,爱人也如此,理解人的好处也如此。

你不是要我写信告爸爸吗?我在常德写了个信,还不完事,又因为给你写信把那信搁下不写了。我预备到辰州写,辰州忙不过来,我预备到本乡写。我还希望在本乡为他找得出点礼物送他。不管是什么小玩意儿,只要可能,还应当送大姐点。大姐对我们好处我明白,二姐的好处被你一说也明白了。我希望在家中还可以为她们两人写个信去。

三三,又上了个滩。不幸得很……差点儿淹坏了一个小孩子,经验太少,力量不够,下篙不稳,结果一下子为篙子弹到水中去了。幸好一个年长水手把他从水中拉起,船也侧着进了不少的水。小孩子被人从水中拉起来后,抱着桅子荷荷的哭,看到他那样子真有使人说不出的同情。这小孩就是我上次提到一毛钱一天的候补水手。

这时已两点四十五分，我的小船在一个滩上挣扎，一连上了五次皆被急流冲下，船头全是水，只好过河从另一方拉上去。船过河时，从白浪里钻过，篷上也沾了浪。但不要为我着急，船到这时业已安全过了河。最危险时是我用……号时，纸上也全是水，皮袍也全弄糟了。这时船已泊在滩下等待力量的恢复，再向白浪里弄去。

这滩太费事了，现在我小船还不能上去。另外一只大船上了将近一点钟，还在急流中努力，毫无办法。风篷、纤手、篙子，全无用处。拉船的在石滩上皆伏爬着，手足并用的一寸一寸向前。但仍无办法。滩水太急，我的小船还不知如何方能上去。这时水手正在烤火说笑话，轮到他们出力时，他们不会吝惜气力的。

三三，看到吊脚楼时，我觉得你不同我在一块儿上行很可惜，但一到上滩，我却以为你幸好不同来，因为你若看到这种滩水，如何发吼，如何奔驰，你恐怕在小船上真受不了。我现在方明白住在湘西上游的人，出门回家家中人敬神的理由。从那么一大堆滩里上行，所依赖的固然是船夫，船夫的一切，可真靠天了。

我写到这里时，滩声正在我耳边吼着，耳朵也发木。时间已到三点，这船还只有两个钟头可走，照这样延长下去，明天也许必须晚上方可到地。若真得晚上到辰州，我的事情又误了一天，你说，这怎么成。

小船已上滩了，平安无事，费时间约廿五分。上了滩问问那落水小水手，方知道这滩名"骂娘滩"（说野话的滩），难怪船上去得那么费事。再过廿分钟我的小船又得上个名为"白溶"的滩，全是白浪，吉人天相，一定不有什么难处。今天的小船全是上滩，上了白溶也许天就夜了，则明天还得上九溪同横石。横石滩任何船只皆得进点儿水，劣得真有个样子。我小船有四妹的相片，也许不至于进水。说到四妹的相片，本来我想让它凡事见识见识，故总把它放在外边……可是刚才差点儿它也落水了，故现在已把它收到箱子里了。

小船这时虽上了最困难的一段，还有长长的急流得拉上去。眼看到那个能干水手一个人爬在河边石滩上一步一步的走，心里很觉得悲哀。这人在船上弄船时，便时时刻刻骂野话，动了风，用不着他做事时，就摹仿麻阳人唱橹歌，风大了些，又摹仿麻阳人打呵贺，大声的说：

"要来就快来，莫在后面捱，呵贺——"

"风快发，风快发，吹得满江起白花，呵贺——"

他一切得摹仿，就因为桃源人弄小船的连唱歌喊口号也不会！这人也有不高兴时节，且可以说时时刻刻皆不高兴，除了骂野话以外，就唱：

"过了一天又一天，心中好似滚油煎。"

心中煎熬些什么不得而知，但工作折磨到他，实在是很可怜的。这人曾当过兵，今年[①]还在沅州方面打过四回仗，不久逃回来的。据他自己说，则为人也有些胡来乱为。赌博输了不少的钱，还很爱同女人胡闹，花三块钱到一块钱，胡闹一次。他说："姑娘可不是人，你有钱，她同你好，过了一夜钱不完，她仍然同你好，可是钱完了，她不认识你了。"他大约还胡闹过许多次数的。他还当过两年兵，明白一切作兵士的规矩。身体结实如二小的哥哥，性情则天真朴质。每次看到他，总很高兴的笑着。即或在骂野话，问他

---

[①] 1933年。

为什么得骂野话,就说:"船上人作兴这样子!"便是那小水手从水中爬起以后,一面哭一面也依然在骂野话的。看到他们我总感动得要命。我们在大城里住,遇到的人即或有学问,有知识,有礼貌,有地位,不知怎么的,总好像这人缺少了点成为一个人的东西。真正缺少了些什么又说不出。但看看这些人,就明白城里人实实在在缺少了点人的味儿了。我现在正想起应当如何来写个较长的作品,对于他们的做人可敬可爱处,也许让人多知道些,对于他们悲惨处,也许在另一时多有些人来注意。但这里一般的生活皆差不多是这样子,便反而使我们哑口了。

你不是很想读些动人作品吗?其实中国目前有什么作品值得一读?作家从上海培养,实在是一种毫无希望的努力。你不怕山险水险,将来总得来内地看看,你所看到的也许比一生所读过的书还好。同时你想写小说,从任何书本去学习,也许还不如你从旅行生活中那么看一次,所得的益处还多得多!

我总那么想,一条河对于人太有用处了。人笨,在创作上是毫无希望可言的。海虽俨然很大,给人的幻想也宽,但那种无变化的庞大,对于一个作家灵魂的陶冶无多益处可言。黄河则沿河都市人口不相称,地宽人少,也不能教训我们什么。长江还好,但到了下游,对于人的兴感也仿佛无什么特殊处。我赞美我这故乡的河,正因为它同都市相隔绝,一切极朴野,一切不普遍化,生活形式生活态度皆有点原人意味,对于一个作者的教训太好了。我倘若还有什么成就,我常想,教给我思索人生,教给我体念人生,教给我智慧同品德,不是某一个人,却实实在在是这一条河。

我希望到了明年,我们还可以得到一种机会,一同坐一次船,证实我这句话。

……………

　　我这时耳朵热着，也许你们在说我什么的。我看看时间，正下午四点五十分。你一个人在家中已够苦的了，你还得当家，还得照料其他两个人，又还得款待一个客人，又还得为我做事。你可以玩时应得玩玩。我知道你不放心……我还知道你不愿意我上岸时太不好看，还知道你愿意我到家时显得年轻点，我的刮脸刀总摆在箱子里最当眼处。一万个放心……若成天只想着我，让两个小妮子得到许多取笑你的机会，这可不成的。

　　我今天已经写了一整天了，我还想写下去。这样一大堆信寄到你身边时，你怎么办。你事忙，看信的时间恐怕也不多，我明天的信也许得先写点提要……

　　这次坐船时间太久，也是信多的原因。我到了家中时，也就是你收到这一大批信件时。你收到这信后，似乎还可发出三两个快信，写明"寄常德杰云旅馆曾芹轩代收存转沈从文亲启"。我到了常德无论如何必到那旅馆看看。

　　我这时有点发愁，就是到了家中，家中不许我住得太短。我也愿意多住些日子，但事情在身上，我总不好意思把一月期限超过三天以上。一面是那么非走不可，一面又非留不可，就轮到我为难时节了。我倒想不出个什么办法，使家中人催促我早走些。也许同大哥故意吵一架，你说好不好？地方人事杂，也不宜久住！

　　小船又上滩了，时间已五点廿分。这滩不很长，但也得湿湿衣服被盖。我只用你保护到我的心，身体在任何危险情形中，原本是不足惧的。你真使我在许多方面勇敢多了。

二哥

# 横石和九溪

十八日上午九时

我七点前就醒了,可是却在船上不起身。我不写信,担心这堆信你看不完。起来时船已开动,我洗过了脸,吃过了饭,就仍然作了一会儿痴事……今天我小船无论如何也应当到一个大码头了。我有点慌张,只么一点点。我晚上也许就可以同三弟从电话中谈话的。我一定想法同他们谈话。我还得拍发给你的电报,且希望这电报送到家中时,你不至于吃惊,同时也不至于为难。你接到那电报时若在十九,我的船必在从辰州到泸溪路上,晚上可歇泸溪。这地方不很使我高兴,因为好些次数从这地方过身皆得不到好印象。风景不好,街道不好,水也不好。但廿日到的浦市,可是个大地方,数十年前极有名,在市镇对河的一个大庙,比北平碧云寺还好看。地方山峰同人家皆雅致得很。那地方出肥人,出大猪,出纸,出鞭炮。造船厂规模很像个样子。大油坊长年有油可打,打油人皆摇曳长歌,河岸晒油篓时必百千个排列成一片。河中且长年有大木筏停泊,有大而明黄的船只停泊,这些大船船尾皆高到两丈左右,渡船从下面过身时,仰头看去恰如一间大屋。那上面一定还用金漆写得有一个"福"字或"顺"字!地方又出鱼,鱼行也大得很。但这个码头却据说在数十年前更兴旺,十几年前我到那里时已衰落了的。

衰落的原因为的是河边长了沙滩，不便停船，水道改了方向，商业也随之而萧条了。正因为那点"旧家子"的神气，大屋、大庙、大船、大地方，商业却已不相称，故看起来尤其动人。我还驻扎在那个庙里半个月到廿天，属于守备队第一团，那庙里墙上的诗好像也很多，花也多得很，还有个"大藏"，样子如塔，高至五丈，在一个大殿堂里，上面用木砌成，全是菩萨。合几个人力量转动它时，就听到一种吓人的声音，如龙吟太空。这东西中国的庙里似乎不多，非敕建大庙好像还不作兴有它的。

我船又在上一个大滩了，名为"横石"，船下行时便必需进点水，上行时若果是只大船，也极费事，但小船倒还方便，不到廿分钟就可以完事的。这时船已到了大浪里，我抱着你同四丫头的相片，若果浪把我卷去，我也得有个伴！

三三，这滩上就正有只大船碎在急浪里，我小船挨着它过去，我还看得明明白白那只船中的一切。我的船已过了危险处，你只瞧我的字就明白了。船在浪里时是两面乱摆的。如今又在上第二段滩水，拉船人得在水中弄船，支持一船的又只是手指大一根竹缆，你真不能想象这件事。可是你放心，这滩又拉上了……

我想印个选集了，因为我看了一下自己的文章，说句公平话，我实在是比某些时下所谓作家高一筹的。我的工作行将超越一切而上。我的作品会比这些人的作品更传得久，播得远。我没有方法拒绝。我不骄傲，可是我的选集的印行，却可以使些读者对于我作品取精摘尤得到一个印象。你已为我抄了好些篇文章，我预备选的仅照我记忆到的，有下面几篇：

柏子、丈夫、夫妇、会明（全是以乡村平凡人物为主格的，写他们最人性的一面的作品。）

龙朱、月下小景（全是以异族青年恋爱为主格，写他们生活中的一片，全篇贯串以透明的智慧，交织了诗情与画意的作品。）

都市一妇人、虎雏（以一个性格强的人物为主格，有毒的放光的人格描写。）

黑夜（写革命者的一片段生活。）

爱欲（写故事，用天方夜谭风格写成的作品。）

应当还有不少文章还可用的，但我却想至多只许选十五篇。也许我新写些，请你来选一次。我还打量作个《我为何创作》，写我如何看别人生活以及自己如何生活，如何看别人作品以及自己又如何写作品的经过。你若觉得这计划还好，就请你为我抄写《爱欲》那篇故事。这故事抄时仍然用那种绿格纸，同《柏子》差不多的。这书我估计应当有购者，同时有十万读者。

船去辰州已只有三十里路，山势也大不同了，水已较和平，山已成为一堆一堆黛色浅绿色相间的东西。两岸人家渐多，竹子也较多，且时时刻刻可以听到河边有人做船补船，敲打木头的声音。山头无雪，虽无太阳，十分寒冷，天气却明明朗朗。我还常常听到两岸小孩子哭声，同牛叫声。小船行将上个大滩，已泊近一个木筏，筏上人很多。上了这个滩后，就只差一个长长的急水，于是就到辰州了。这时已将近十二点，有鸡叫！这时正是你们吃饭的时候，我还记得到，吃饭时必有送信的来，你们一定等着我的信。可是这一面呢，积存的信可太多了。到辰州为止，似乎已有了卅张以上的信。这是一包，不是一封。你接到这一大包信时，必定不明白先从什么看起。你应得全部裁开,把它秩序弄顺,再订成个小册子来看。你不怕麻烦,就得那么做。有些专利的痴话,我以为也不妨让四妹同九妹看看,若绝对不许她们见到,就用另一纸条粘好,不宜裁剪……

船又在上一个大滩了,名为"九溪"。等等我再告你一切。

…………

好厉害的水!吉人天佑,上了一半。船头全是水,白浪在船边如奔马,似乎只想攫你们的相片去,你瞧我字斜到什么样子。但我还是一手拿着你的相片,一手写字。好了,第一段已平安无事了。

小船上滩不足道,大船可太动人了。现在就有四只大船正预备上滩,所有水手皆上了岸,船后掌梢的派头如将军,拦头的赤着个膊子,船掯到水中不动了,一下子就跃到水中去了。我小船又在急水中了,还有些时候方可到第二段缓水处。大船有些一整天只上这样一个滩,有些到滩上弄碎了,就收拾船板到石滩上搭棚子住下。三三,这斗争,这和水的争斗,在这条河里,至少是有廿万人的!三三,我小船第二段危险又过了,等等还有第三段得上。这个滩共有九段麻烦处,故上去还需些时间。我船里已上了浪,但不妨的,这不是要远人担心的……

我昨晚上睡不着时,曾经想到了许多好像很聪明的话……今天被浪一打,现在要写却忘掉了。这时浪真大,水太急了点,船倒上得很好。今天天明朗一点,但毫无风,不能挂帆。船又上了一个滩,到一段较平和的急流中了。还有三五段。小船因拦头的不得力,已加了个临时纤手,一个老头子,白须满腮,牙齿已脱,却如古罗马人那么健壮。先时蹲到滩头大青石上,同船主讲价钱,一个要一千,一个出九百,相差的只是一分多钱,并且这钱全归我出,那船主仍然不允许多出这一百钱。但船开行后,这老头子却赶上前去自动加入拉纤了。这时船已到了第四段。

小船已完全上滩了,老头子又到船边来取钱,简直是个托尔斯太!眉毛那么浓,脸那么长,鼻子那么大,胡子那么长,一切皆同画上的托尔斯太相同。这人秀气一些,因为生长在水边,也许比那一个同时还干净些。他如今又蹲在一个石头上了。看他那数钱神气,人那么老了,还那么出力气,为一百钱大声的嚷了许久,我有个疑问在心:

"这人为什么而活下去?他想不想过为什么活下去这件事?"

不止这人不想起,我这十天来所见到的人,似乎皆并不想起这种事情的。城市中读书人也似乎不大想到过。可是,一个人不想到这一点,还能好好生存下去,很希奇的。三三,一切生存皆为了生存,必有所爱方可生存下去。多数人爱点钱,爱吃点好东西,皆可以从从容容活下去的。这种多数人真是为生而生的。但少数人呢,却看得远一点,为民族为人类而生。这种少数人常常为一个民族的代表,生命放光,为的是他会凝聚精力使生命放光!我们皆应当莫自弃,也应当得把自己凝聚起来!

三三,我相信你比我还好些,可是你也应得有这种自信,来思索这生存得如何去好好发展!

我小船已到了一个安静的长潭中了。我看到了用鸬鹚咬鱼的渔船了,这渔船是下河少见的。这种船同这种黑色怪鸟,皆是我小时节极欢喜的东西,见了它们同见老友一样。我为它们照了个相,希望这相还可看出个大略。我的相片已照了四张,到辰州我还想把最初出门时,军队驻扎的地方照来,时间恐不大方便。我的小船正在一个长潭中滑走,天气极明朗,水静得很,且起了些风,船走得很好。只是我手却冻坏了，如果这样子再过五天，一定更不成事了的。在北方手不肿冻，到南方来却冻手，这是件可笑的事情。

我的小船已到了一个小小水村边，有母鸡生蛋的声音，有人隔河喊人的声音，两山不大而翠色迎人，有许多待修理的小船皆斜卧在岸上，有人正在一只船边敲敲打打，我知道他们是在用麻头同桐油石灰嵌进船缝里去的，一个木筏上面还有小船，正在平潭中溜着，有趣得很！我快到柏子停船的岸边了，那里小船多得很，我一定还可以看到上千的真正柏子！

我烤烤手再写。这信快可以付邮了，我希望多写些，我知道你要许多，要许多。你只看看我的信，就知道我们离开后，我的心如何还在你的身边！

手一烤就好多了。这边山头已染上了浅绿色，透露了点春天的消息，说不出它的秀。我小船只差上一个长滩，就可以用桨划到辰州了。这时已有点风，船走得更快一些。到了辰州，你的相片可以上岸玩玩，四丫头的大相却只好在箱子里了。我愿意在辰州碰到几个必须见面的人，上去时就方便些。辰州到我县里只二百八十里，或二百六或二百廿里，若坐轿三天可到，我改坐轿子。一到家，我希望就有你的信，信中有我们所照的相片！

船已在上我所说最后一个滩了，我想再休息一会会，上了这长滩，我再告你一切。我一离开你，就只想给你写信，也许你当时还应当苛刻一点，残忍一点，尽挤我写几年信，你觉得更有意思！

…………

二哥
一月十八十二时卅分

# 历史是一条河

十八日下午二时卅分

我小船已把主要滩水全上完了,这时已到了一个如同一面镜子的潭里,山水秀丽如西湖,日头已出,两岸小山皆浅绿色。到辰州只差十里,故今天到地必很早。我照了个相,为一群拉纤人照的。现在太阳正照到我的小船舱中,光景明媚,正同你有些相似处,我因为在外边站久了一点,手已发了木,故写字也不成了。我一定得戴那双手套的,可是这同写信恰好是鱼同熊掌,不能同时得到。我不要熊掌,还是做近于吃鱼的写信吧。这信再过三四点钟就可发出,我高兴得很。记得从前为你寄快信时,那时心情真有说不出的紧处,可怜的事,这已成为过去了。现在我不怕你从我这种信中挑眼儿了,我需要你从这些无头无绪的信上,找出些我不必说的话……

我已快到地了,假若这时节是我们两个人,一同上岸去,一同进街且一同去找人,那多有趣味!我一到地见到了有点亲戚关系的人,他们第一句话,必问及你!我真想凡是有人问到你,就答复他们"在口袋里!"

三三，我因为天气太好了一点，故站在船后舱看了许久水，我心中忽然好像彻悟了一些，同时又好像从这条河中得到了许多智慧。三三，的的确确，得到了许多智慧，不是知识。我轻轻的叹息了好些次。山头夕阳极感动我，水底各色圆石也极感动我，我心中似乎毫无什么渣滓，透明烛照，对河水，对夕阳，对拉船人同船，皆那么爱着，十分温暖的爱着！我们平时不是读历史吗？一本历史书除了告我们些另一时代最笨的人相斫相杀以外有些什么？但真的历史却是一条河。从那日夜长流千古不变的水里石头和砂子，腐了的草木，破烂的船板，使我触着平时我们所疏忽了若干年代若干人类的哀乐！我看到小小渔船，载了它的黑色鸬鹚向下流缓缓划去，看到石滩上拉船人的姿势，我皆异常感动且异常爱他们。我先前一时不还提到过这些人可怜的生，无所为的生吗？不，三三，我错了。这些人不需我们来可怜，我们应当来尊敬来爱。他们那么庄严忠实的生，却在自然上各担负自己那分命运，为自己，为儿女而活下去。不管怎么样活，却从不逃避为了活而应有的一切努力。他们在他们那分习惯生活里、命运里，也依然是哭、笑、吃、喝，对于寒暑的来临，更感觉到这四时交递的严重。三三，我不知为什么，我感动得很！我希望活得长一点，同时把生活完全发展到我自己这份工作上来。我会用我自己的力量，为所谓人生，解释得比任何人皆庄严些与透入些！三三，我看久了水，从水里的石头得到一点平时好像不能得到的东西，对于人生，对于爱憎，仿佛全然与人不同了。我觉得惆怅得很，我总像看得太深太远，对于我自己，便成为受难者了。这时节我软弱得很，因为我爱了世界，爱了人类。三三，倘若我们这时正是两人同在一处，你瞧我眼睛湿到什么样子!

　　三三，船已到关上了，我半点钟就会上岸的。今晚上我恐怕无时间写信了，我们当说声再见！三三，请把这信用你那体面温和眼睛多吻几次！我明天若上行，会把信留到浦市发出的。

二哥<br>一月十八下午四点半

这里全是船了!

# 泸溪黄昏

**十九下午七时**

我似乎说过泸溪的坏话,泸溪自己却将为三三说句好话了。这黄昏,真是动人的黄昏!我的小船停泊处,是离城还有一里三分之一地方,这城恰当日落处,故这时城墙同城楼明明朗朗的轮廓,为夕阳落处的黄天衬出。满河是橹歌浮着!沿岸全是人说话的声音,黄昏里人皆只剩下一个影子,船只也只剩个影子,长堤岸上只见一堆一堆人影子移动,炒菜落锅的声音与小孩哭声杂然并陈,城中忽然当的一声小锣,唉,好一个圣境!

我明天这时,必已早抵浦市了的。我还得在小船上睡那么一夜,廿一则在小客店过夜,如《月下小景》一书中所写的小旅店,廿二就在家中过夜了……

明天就到廿了,日子说快也快,说慢又慢。我今天同昨天在路上已看到许多白塔,许多就河边石上捶衣的妇人,而且还看到河边悬崖洞中的房屋,以及架空的碾子。三三,我已到了"柏子"的小河,而且快要走到"翠翠"的家乡了!日中太阳既好,景致又复柔和不少,我念你的心也由热情而变成温柔的爱。我心中尽喊着你,有上万句话,有无数的字眼儿,一大堆微笑,一大堆吻,皆为你而储蓄在心上!我到家中见到一切人时,我一定因为想念着你,问答之间将有些痴话使人不能了解。也许别人问我："你在北京好！"我会说："我三三脸黑黑的，所以北京也很好！"不是这么说也还会有别的话可说，总而言之则免不了授人一点点开玩笑的机会。母亲年老了，这老人家看到我有那么一个乖而温柔的三三，同时若让这老人家知道我们如何要好，她还会更高兴的。我在辰州时，云六说："妈还说'晓得从文怎么样就会选到一个屋里人？同他一样的既不成，同他两样的，更不好。'可是如今可来了，好了，原来也还有既不同样也不异样的人！"家中人看到我们很好，他们的快乐是你想不出的。他们皆很爱你，你却还不曾见过他们！

  三三，昨天晚上同今晚上星子新月皆很美，在船上看天空尤可观，我不管冻到什么样子，还是看了许久星子。你若今夜或每夜皆看到天上那颗大星子，我们就可以从这一粒星子的微光上，仿佛更近了一些。因为每夜这一粒星子，必有一时同你眼睛一样，被我瞅着不旁瞬的。三三，在你那方面，这星子也将成为我的眼睛的！

你的二哥<br>十九下九时

# 过新田湾

二号十二点过些

假若你见到纸背后那个地方，那点树，石头，房子，一切的配置，那点颜色的柔和，你会大喊大叫。不瞒你，我喊了三声！可惜我身边的相匣子不能用，颜色笔又送人了，对这一切简直毫无办法。我的小船算来已走了九十里，再过相等时间，我可以到桃源了。我希望黄昏中到桃源，则可看看灯，看看这小城在灯光中的光景。还同时希望赶得及在黄昏前看桃源洞。这时一点儿风没有，天气且放了晴，薄薄的日头正照在我头上。我坐的地方是梢公脚边，他的桨把每次一推仿佛就要磕到我的头上，却永远不至于当真碰着我。河水已平，水流渐缓，两岸小山皆接连如佛珠，触目苍翠如江南的五月。竹子、松、杉，以及其他常绿树皆因一雨洗得异常干净。山谷中不知何处有鸡叫，有牛犊叫，河边有人家处，屋前后必有成畦的白菜，作浅绿色。小埠头停船处，且常有这种白菜堆积成A字形，或相间以红萝卜。三三，我纵有笔有照相器，这里的一切颜色，一切声音，以至于由于水面的静穆所显出的调子，如何能够一下子全部捉来让你望到这一切，听到这一切，且计算着一切，我叹息了。我感到生存或生命了。三三，我这时正像上行时在辰州较下游一点点和尚洲附近，看着水流所感到的一样。我好像智慧了许多，温柔了许多。

三三，更不得了，我又到了一个新地方，梢公说这是"新田湾"。有人唤渡，渔船上则有晒帆晾网的。码头上的房子已从吊脚楼改而为砖墙式长列，再加上后面远山近山的翠绿颜色，我不知道怎么来告你了。三三，这地方同你一样，太温柔了。看到这些地方，我方明白我在一切作品上用各种赞美言语装饰到这条河流时，所说的话如何蠢笨。

我这时真有点难过，因为我已弄明白了在自然安排下我的蠢处。人类的言语太贫乏了。单是这河面修船人把麻头塞进船缝敲打的声音，在鸡声人声中如何静，你没有在场，你从任何文字上也永远体会不到的！我不原谅我的笨处，因为你得在我这枝笔下多明白些，也分享些这里这时的一切！三三，正因为我无法原谅自己，我这时好像很忧愁。在先一时我以为人类是个万能的东西，看到的一切，并各种官能感到的一切，总有办法用点什么东西保留下来，我且有这种自信，我的笔是可以作到这件事情的。现在我方明白我的力量差得远。毫无可疑，我对于这条河中的一切，经过这次旅行可以多认识了一些，此后写到它时也必更动人一些，在别人看来，我必可得到"更成功"的谀语，但在我自己，却成为一个永远不能用骄傲心情来作自己工作的补剂那么一个人了。我明白我们的能力，比自然如何渺小，我低首了。这种心境若能长久支配我，则这次旅行，将使我在人事上更好一些……

这时节我的小船到了一个挂宝山前村，各处皆无宝贝可见。梢公却说了话：

"这山起不得火，一起火辰州也就得起火。"

我说："那一个山？"原来这里有无数小山。

梢公用手一挥："这一串山！"

我笑了。他为我解释：

"因为这条山迎辰州，故起不得火。"

真是有趣的传说，我不想明白这个理由，故不再问他什么。

我只想你，因为这山名为挂宝山，假若我是个梢公，前面坐了一个别的人，我告他的一定是关于你的事情！假若我不是梢公，但你这时却坐在我身旁，我凭空来凑个故事，也一定比"失火"有趣味些！

我因为这梢公只会告我这山同辰州失火有关，似乎生了点气，故钻进舱中去了。我进舱时听岸边有黄鸟叫，这鸟在青岛地方，六月里方会存在。

这次在上面所见到的情形，除了风景以外，人事却使我增加无量智慧。这里的人同城市中人相去太远，城市中人同下面都市中人又相去太远了，这种人事上的距离，使我明白了些说不分明的东西，此后关于说到军人，说到劳动者，在文章上我的观念或与往日完全不同了。

我那乡下有一样东西最值钱，又有一样东西最不值钱，我不告给你，你尽可同四丫头、九九，三人去猜，谁猜着了我回来时把她一样礼物。

我在家中时除泻以外头总有点晕，脚也有点疼，上了船，我已不泻不疼，只是还有些些儿头晕。也许我刚才风吹得太久了点，我想睡睡会好些。如果睡到晚上还不见好，便是长途行旅，车船颠簸把头脑弄坏了的缘故。这不算大事，到了北平只要有你用手摸摸也就好了。

　　…………

　　我头晕得很，我想歇歇，可是船又在下滩了。

二哥
大约二点左右

# 一个传奇的本事

> 我情感流动而不凝固,一派清波给予我的影响实在不小。我幼小时较美丽的生活,大都不能和水分离。我受业的学校,可以说永远设在水边。我学会思索,认识美,理解人生,水对于我有极大关系。
>
> (摘"自传"中一小节)

水和我的生命不可分,教育不可分,作品倾向不可分。这不仅是二十岁以前的事情。即到厌倦了水边城市流荡生活,改变计划,来到住有百万市民的北平,饱受生活的折磨,坚持抵制一切腐蚀,十分认真阅读那本抽象"大书"第二卷,告了个小小段落,转入几个大学教书时,前后二十年,十分凑巧,所有学校又都恰好接近水边。我的人格的发展,和工作的动力,依然还是和水不可分。从《楚辞》发生地一条沅水上下游各个大小码头,转到海潮来去的吴淞江口,黄浪浊流急奔而下直泻千里的武汉长江边,天云变幻碧波无际的青岛大海边,以及景物明朗民俗淳厚沙滩上布满小小螺蚌残骸的昆明滇池边。三十年来水永远是我的良师,是我的净友,给我用笔以各种不同的启发。这份离奇教育并无什么神秘性,却不免富于传奇性。

水的德性为兼容并包，柔弱中有强韧，从表面看，极容易范围，其实则无坚不摧。水教给我粘合卑微人生的平凡哀乐，并作横海扬帆的美梦，刺激我对于工作永远的渴望，以及超越普通个人功利得失、追求理想的热情洋溢。我一切作品的背景，都少不了水。我待完成的主要工作，将是十个水边城市平凡人民的爱恶哀乐。在这个变易多方取予复杂的人生社会中，宜让头脑灵敏身心健全的少壮，有机会驾着飞机向天上飞，在高度和速度上打破记录，成为新时代书报上的名人。还有那些马上治天下的伟人，将来都能由雕塑家设计，为安排骑在铜铸骏马上，在永远坚固磐石作基的地面，给后人瞻仰。也让那些各式各样的生命，于爱憎取予之际各得其所、各有攸归。我要的却只是再来好好工作十年二十年，写写那些生和死都和水离不开的平凡人的平凡历史。这个分定对于我是分义务不能拒绝，因为这种平凡生命的土壤，有时却孕育了一点不平凡的人生。

我有一课水上教育受得极离奇，是二十七年前在常德府那半年流宕。这个城市从地图上看，即可知接连洞庭，贯串黔川，扼住湘西的咽喉，是一个在经济上军略上都不可忽略的城市。城市的位置似乎在水中或水下，因为每年有好几月城四面都是一片大水包围。水线且比城中民房高。保护到二十万居民不至于成为鱼鳖，全靠几道坚固的河堤。至于成为鱼鳖，全靠几道坚固的河堤。东门外有条卖牛肉的长街，西门外是百十万石湖莲的转口站，此外开染房的和收桐油的庄号，卖竹缆木圆器和船上人用的铁锚钢钻杂物的铺子，都各有专业，各有不同的处所，所以在回忆中某一条街是什么样子，有什么东西，什么气味，到如今也清清楚楚。这个城市在经济上和军事上都有其重要意义，因此抗日战争末两年，最激烈的一役，即外人所谓"中国谷仓争夺战"的一役中，十万户人家终于是完全在炮火中毁去。沅水流域竹木原料虽比较容易，复兴也必然比中国任何一地容易。不过那个原来的水上城市，有历史性的市容，有历史性的人事，就已早于烈烈火焰中完全消失，后来者除了从我过去作的叙述得到一个简略的印象，再也无从寻觅了。有形的和无形的都一例毁掉了，然而有些东西，却似乎还值得在少量文字或多数人情感中保留下来，对于明日社会重造工作上，有其长远的意义。

常德既是延长千里一条沅水和十来支流货物吞吐转移的总码头，向下游且毗连洞庭长江，地方人事自然也就相当复杂。城门口有驻军长官和税局长的布告，有党部的和卖补药的宣传品。更多的是商人和寄食于商人的特种职业人物。责任大，工作忙，性质杂，人数多，真正在支配这个城市的却是那几万船夫。这些人怎么使用他们各不相同各有个性的水上工具，按照祖传的行规，祖传的禁忌，挣扎生活并生儿育女，我都非常清楚。所以二十八年写了一本小书谈及湘西种种时，"常德的船"那一章特别写得有趣。在那个小文结尾上说：

"常德本身也类乎一只旱船，女作家丁玲女士，法律学者戴修瓒先生，国学前辈余嘉锡先生，同是在这只旱船上长大的。……常德县沿沅水上行九十里，即到千五百年前武陵渔人迷路问津的桃源。……那里河上游一点，有个省立女子第二师范学校。五四运动影响到湖南时，谈男女解放，自由平等，剪发恋爱，最先提出要求并争取实现它的，就是这个学校一群女学生。"

这只旱船上不仅装了社会上几个知名人士，我还忘了提及平凡中也有伟大性的一位，即那个女作家的母亲蒋老太太，和几个虽不平凡终于从平凡中结束了一生的女学生。这里有和瞿××恋爱，因肺病死去的川东王小姐。有先和施××同居，后来和张××结缡的芷江杨小姐，还有……两老太太那时是一个私立女子小学的校长，一群单纯热情的女孩子，离开学校离开家庭后，大都暂时寄居到这个学校里，大家当时书虽读得不怎么多，却为《新青年》一类刊物煽起了青春的狂热，带了点点钱和满脑子进步幻想，向北平上海跑去，接受她们各自不同的命运。和现代史的发展竟有过密切的联系，而终于又一例遗忘于时代发展变易中。就中有几位性情比较和平稳定，又不拟作升学准备的，便作了那个女学校的教员。年纪都不过二十岁，差不多有个相同背景，即出身于小资产阶级，自幼即许字了人家，毕业回家第一件事即等待完婚。既和家庭革命，家中经济断绝，向京沪跑的生活自然相当狼狈。犹幸社会风气正注重俭朴，人之师须为表率，作教员的衣着化装品不必费钱，所以每月收入虽不多，居然有人能把收入一半接济升学的亲友。教员中有一位年纪较长，性情温和而潇洒，又特别富于艺术爱好，生长于苗乡得胜营的杨小姐。在没有认识以前，就听说她的每月收入，还供给了两个妹妹费用升学。

至于那时的我呢，正和一个习美术的表兄住在每天一人共需三毛六分钱的小客栈里打发日子，说明白点就是无业可做。那个平安小客栈对我们可真不平安！每五天必需结一结账，照例是支吾拉扯过去。欠账越久越多，因此住宿的房间也移来移去，由三面大窗的官房迁到只有天窗一片的贮物间，总之尽管调动，永不抗议。照栈规不破脸主人即不能赶客人。至于冷言冷语讥诮时只装不懂，也陪着笑笑，一切用个"拖"字应付，支持了约莫三个月。到每人名下都有三十元欠项时，年过五十还把眉毛扯得细弯弯的内老板，在饭桌上便说："开销越来越大了，门面当不下。我们吃四方饭，还有人吃八方饭！"说后见同桌客人都不声响，就和那养得白白胖胖的十六岁的寄女儿干笑，寄女儿也照例陪着笑笑。（这个女孩子背地里常常送表兄南瓜子和芙蓉酥，帮了我们不少的忙，表兄却和我笑她一身白得像发糕，虽不拒绝芙蓉酥，决不要发糕。）我们虽依旧装不懂，只管拣选豆芽菜汤里的肥肉片，可是都知道开过饭后还有一手。饭后回到房中商对策时，老茶房果然就带了账簿来看，借点钱买油盐。表兄作成老江湖满不在乎的神气，任意翻了一下即把账推开："我以为欠十万八千，这几个钱算什么？内老板豪杰人，还这样小气，笑话。——老弟，你想想看，岂不是笑话。我昨天发的那个急电你亲眼看见，不是三五天就会有款来了吗？"连哄带吹把茶房送走后，这个背晦时运的美术家却向我说："老弟，风声不大好，这不比巴黎！我听人说，巴黎的艺术家，不管作什么都不碍事。有些欠二十年的房饭账，到后索性做了房东的丈夫或女婿，我们在这里想攀亲戚倒有机会，只是我不大欢喜冒险吃发糕，正如我不欢喜从军一样，我们真是英雄落了难，黄骠马也卖不成！你说怎么办？"

我心想，怎么办？表兄常说，上海北京戏院里常有阔人掉金刚钻首饰，上海坐马车，马车上也许有贵妇人遗下的贵重钱包，运气好的常常一碰到成大富翁，可是路那么远！还是想法对付目前，脚踏西瓜皮一个溜了吧。至于向什么地方溜？当时倒有个去处。上桃源县找贺龙，因为有人介绍我们去做九元一月的差遣，只要肯去总可糊口的。可是就在这时，我们偶然认识了杨小姐，两人于是把"溜"字的水旁删去，"留"下来了。表兄既和她是学美术的同道，平时性情洒脱到能一事不作整天唱歌，这一来，当然不久就成了一团火，找到了他热情寄托处。

自从认识了这位杨小姐后,一去那里两人必然坐在大风琴边,一面弹琴一面谈情,我照例站在后门前去欣赏市景,并观观风。到蒋老太太来学校时,经我一作暗号,里面琴声忽然弹奏起来,老太太却照样笑笑的说:"你们弹琴弹得真热心!"表示对于客人的礼貌,客人却不免红脸。因为"弹琴"和"谈情"字音相同,老太太语意指什么即不大分明。

两人回到客栈时,表哥便一连丢了十来个挦,要我代笔写信,他却从从容容躺在床上哼曲子。信写好念给他听后,必把两个大拇指翘起大摇着,表示感谢和赞佩。

"老弟,真好,真可以上报!"

事实上呢,我们当时只有两种机会上报,即抢人和自杀。但是这两件事似乎都和我们兴趣不大合,当然不曾采用。至于这种信的去处,有时要茶房送。借故有事时,却还得我代为传书递简。那女教员有两次还和我讨论到表哥的文才,只好支吾过去。回客栈谈起这件可笑故事,表兄却肯定的说,"你看,我不是说可以上报?"我们于是又支持了两个月,住处则已从有天窗的小房间迁到毛房隔壁那个小间里,气量窄,上吊可真方便!我实在忍受不住,有一天就忽然抛下这个表兄,却和一个头戴水獭皮帽子(沅水流域有名土娼都认识那顶帽子)的朋友,坐在一只装军服的"水上飘",向沅水上游荡去了。

三年后我重新知道一件事情,即两个小学教员已结了婚,回转家乡同在一小学服务。这种结合由女方家长看来,自然不会怎么满意。因为一个小学教师,比地方传统所尊重的营连排长,就大不相如。不过两人生活虽不怎么宽舒,情感可极好。即因此孩子便陆续来了,自然更增加生计上的狼狈。

再过几年，又偶然听得人说，孩子已离开了家乡，到福建厦门一个堂叔处去读书。从小即可看出，父母爱美的好处，对于孩子显然已有了影响，但性情上另外一种弱点，潇洒超脱不甚顾及生活的弱点，也似乎被同时接收下来了。所以在叔父身边读书，不及初中卒业，因为那个艺术型，又离开了亲戚，去阅读那本大书，从此就于广大社会中消失了。计算岁月，孩子年龄已到十四五岁，照家乡子弟飘江湖奔门路习惯，已并不算早。教育人家子弟的既教育不起自己子弟，所以对于这个失踪的消息，大致也就不甚在意。

二十六年十二月间，我上云南路过长沙时，偶然在一个部队的留守处又见到那表兄。问问才知道因为脾气与人合不来，失了业，不得已屈服下来，改业作一名中尉办事员，办理收容联络事务。太太还在沅水中部一个小村子里教小学。大儿子既已失踪，音信不通。二儿子十二岁，也从了军，跟人作护兵自食其力了。事业不如意，人又上了点年纪，常害点胃病，性情越来越加拘迂。过去豪爽洒脱处已失去，只是还仍然欢喜唱歌。邀他去李合盛吃了一次牛肚子，才知道已不喝酒。问他还吸烟不吸烟，就说不戒自戒，早已不再用它。可是我知道他欢喜吸烟，且很懂烟品好坏。第二次再去看他，带了两大盒烟去送他。他见到时，憔悴的脸上露出少有的欢喜和惊讶，只是摇头，口中低低的连说："老弟，老弟，太破费你了！我看到有人送师长这么两盒，美国军官也吃不起！"

我想提起点旧事使他开开心："我当时只想做一个开糖坊的女婿，好有糖吃，到如今还不成功！"

"不成功？你看这个？"他随手把一份三天前的本市报纸递给我，手指着一个记者写的访问说："老弟，你上了报，你当真上了报！"

我说:"我倒正想问问你,我那些代劳的信件,表嫂是不是还留着?这可真值得上报,送过上海去,换二十盒烟也不难!"

想起十六年前同在一处过日子的情形,一切犹如目前又恍如隔世。两人不免相对沉默了许久。我们从此就离开了。

抗战到第六年,我弟弟过印度受训,到云南时谈及家乡亲友种种,才知道年纪从十六七到四十岁的人大多数已在六年消耗战中消耗将尽。表哥在一场小小病中也已无声无息的死去了。大孩子或已牺牲,小的作了排长,三月前部队在洞庭湖边作战,全部留在敌后,完全失了连络。那地方到处是水,交通工具不够,只有会泅水的还可望逃出,其余下落就不易说了。至于太太呢?还依然在乡村里教小学,收入足够个人糊口,第三儿子作了一个银匠学徒。

照一般情形来说,这正是一种极平常的故事。一个从中学毕业的女子,在外县去作了个小学教员。从一个偶然机会里即和一个性情相投的男子结了婚。婚后过了阵子平静家庭生活。即生了孩子,接受了上帝给分派的庄严义务。照环境分定,温良母性和艺术秉赋都不曾得到好好的发展,十年过去,孩子已生到第四个,教人子弟的照例无从使自己子弟受教育,即尽孩子在成年以前一一离开家庭,自求生存,或死或生,都不能过问!战事随来,可怜的教育职业,还为二十来岁的小伙子挤去,只好放弃了三十年的老本,换上一套不合身的军服,改业从军作个不足轻重的军佐。部队一再整编,失业复就业,换了几个职务,于是在岁暮年末请了半个月假,背了个小小包袱,回到太太身边去,即在一场小小疾病中死去了。亲人一面拭泪一面把死者殓入个个赊借款项得来的小小白木棺木里,就地埋了。死者既已死去,生者于是依然照常沉默生活下去,每月还得从收入中扣出一点点钱填还亏空。在一个普通人不易设想的小乡村小学教师职务上，过着平凡而简单的日子，等待平凡的老去，平凡的死。一切都十分平凡，不过正因为它的平凡，为万千教师的共通命运，却不免使人感到一种奇异的庄严。

　　抗战到第八年，和平胜利骤然来临，睽违十年的亲友，都逐渐恢复了通信关系。忽然有个十六年不通音问的朋友，寄一本新出的诗集。诗集中用黑绿二色套印的木刻插图，充满了一种天真稚气与热情大胆的混合，给我一种崭新的印象。不仅见出作者头脑里的智慧和热情，还可发现这两者结合时如何形成一种诗的抒情，对于诗若缺少深致理解，也即不易作到。一经打听，才知道作者所受教育程度还不及初中三，而年龄也还不过二十五岁。更有料想不到的事，即那个青年艺术家，原来便正是那一死一生黯默无闻的两个美术教员的长子。十四岁即离开了所有亲人，到陌生而广大世界上流荡，无可避免的穷困，疾病，挫折，逃亡，在某一处卑微工作上短时期的稳定，继以长时期的失业，如蓬如萍的转徙飘荡，……却从一种不易想象学习过程中，成为一个技术优秀特有个性的木刻工作者。为了这个新的发现，使我对于国家、民族、以及属于个人极庄严的命运，感到异常痛苦。我真用得着法国人喜说的一句话，"这就是人生"，借用它来形容，我温习到有关于这两个美术教员一生种种，和我身预其事的种种，所引起的痛苦回忆，以及对于命运偶然的惊奇！

　　作者至今还不曾和我见过面，只从通信中约略知道他近十年一点过去，以及最近如何来到上海，和他几个同道陷于同样穷困中，想工作并购买木刻板片的费用也无处筹措。境况虽如此，却对于工作还依然充满自信和狂热。于通信中可见出，于摊在我面前的四十幅木刻更可见出。从那幅精力弥满大到二尺的"失去乐园"设计构图中，从他为几个现代诗人作品所作的小幅插图中，都依稀可见出父母潇洒善良的秉赋，与作者生活经验的沉重，粗豪和精细同时并存而不相犯相混，两者还共同形成一种幽默的典雅。说到这一点时，作者性格鲜明的一面，事实上还有个人更重要的因素，即所生长的地方性，实需要一提。这不仅是两个穷教员的儿子，还是从二百年前设治以来，即完全在极变态的发展中一片土地，一种社会的衍生物。

作者家乡是个出兵地方，住在那个小地方的人民，百多年前，即有世代服兵役的习惯。中国兵制中的绿营组织，在学人印象中已成一个历史名词了，然而抗战十年，那地方对于兵役补充，尤其是下级官佐补充，就还得力于这个制度的残余甚多。最初为征苗而推进这个人人轮流服役制，因此到咸同之际，一个小小石头城即出了一大堆提督军门。到辛亥革命，驻长沙的四十九标新军发难时，首先次哨子集合的是一位安姓伍长，随后作了团长，民国二十年后，却因老革命资格奉派到守陵园管工人养花。江南大营克南京时，有几个冲锋陷阵提督，到民元，革命军攻雨花台，首先入城的旅长，就是冲锋爬城的世家，一个姓田提督的小儿子。这个军官回转家乡作第一任镇守使时，唯一大事却办了个美术学校。这一切正说明到一点，即浪漫情绪在军人世家头脑中变质的衍化。

三十年来国家动乱既照例以内战为主要动力，荡来淘去形成了大小军阀的新陈代谢，这小地方既僻处一隅，得天独厚，因之形成一个极离奇的存在。到抗战前夕为止，县城不到一万户人家，却保有了三千下级军官，和五个师的潜在实力。由于另外一种传统，一切年青人的出路寄托在军官上，一切聪明才智及优秀秉赋，也都一例归纳于这个虽庞大实简单的组织中，并消耗于组织中。而这个组织于国内省内，却又若完全孤立或游离，无所属亦无所归。这自然就有了问题，即对内为进步滞塞，不能配合实力作其他设计，军官日多而读书人日少，无从应付时变。对外则多误会，多忌讳，越来越加和各方面关系隔绝，实力越大只是越增加困难。战争来了，悲剧随来。淞沪之战展开，有个一二八师属于第四路指挥刘建绪调度节制，奉命守嘉善唯一那道国防线，即当时所谓"中国兴登堡防线"。当时报载，战事过于激烈，守军来不及和参谋部联络人员接头，打开那些钢骨水泥的门，即加入战斗还以为不可信。后来方知道那师接防的部队，开入国防线后，除了从县长手中得到一大串编号的钥匙，什么图形也没有。临到天明就要有敌机来轰炸，敌人先头探索部队发见已发生接触时，一个少年军官方从一道河边发现工事的位置，一面用一营人向前作突击反攻，一面方来得及把上锈的铁门次第打开，准备死守。八天的固守，全师大部牺牲于敌人优势日夜不断炮火中，下级干部几乎全体完事，团营长正副半死半伤，提了那串钥匙去开工事铁门的，原来就是我一个弟弟，而死去的全是那小小城中长大的年青人。

随后是南昌保卫战，经补充的另一个荣誉师上前，守三角地的当冲处，自然不久又完事。随后是反攻宜昌、洞庭西岸荆沙争夺，以及长沙会战的单位争夺，常德、益阳、洞庭南岸的据点争夺，每一硬役必得参加，每役参加又照例是除了国家意识还有个地方荣誉面子问题在内，双倍的勇气使得下级全部成仁，中级半死半伤，而上级再回来补充调度。都明白这个消耗担负对地方明日的困难，却从种种复杂情绪中继续补充下去，总以为"这是和日本打仗，不管如何得打下去！"就这样，任何部队感到补充困难时，这方面却好像全无问题。就这样，一直到三十四年底，小城市在湘西二十八县中比任何处物价都贱，虽说交通不当冲得免影响，事实上却是消费者越来越少，一城孤儿寡妇那还能想到囤积发财？每一家都分摊了战事带来的不幸，因为每一家都有子弟作下级军官，年在二十五岁以下的少壮，牺牲的数目更吓人。我们实不能想象一个城市把少壮全部抽去，每家陆续带来一分死亡给三千少妇万人父母时，形成的是一种什么空气！但这是战争！有过一百年当兵习惯的人民，战争是什么，必然比任何人都清楚明白，而这些人的家属子女，也必然要习惯于接受这个不幸！那里总还留下二三十个小学教员，到子弟长大能入小学时，不会无学校可进啊！

和平来了，胜利来了，拼补凑集居然还有一师部队，由一个从小卒，作书记，转军佐，入陆大，完全自学挣扎出来的田姓军官率领，驻防胶济线上。方以为国家和平来临，苦难已过，不久改编退役，正好过北方完成一个新的志愿，即好好的来读几年书。且和我合作，写一本小小历史，纪念一下这小小山城几万壮丁十年中如何陆续死去的情形，将比转入国防研究院工作还重要，还有意义。因为正可说明一种旧时代的灭亡而新生命的开始，虽然是种极悲惨艰难的开始。因为除少数的家庭还保有男丁，大部却得由孤儿寡妇来自作挣扎！不意内战终不可避免，一星期前胶东一役，这一师结果却在极暧昧情形下全部覆没。师长随之阵亡，统率者和一群干部，正是八年抗战犹未死尽的最后残余。从私人消息，方明白实由于早已"厌倦"这个大规模集团的自残自渎，因此解体。怎么不厌倦？专门家谈军略，谈军势，若明白这些青年人生命深处的苦闷，还如何在作普遍传染，尽管有各种习惯制度和集团利害拘束到他们的行为，而加上那个美式装备，但那敌得过出自生命深处的另外一种潜力，和某种做人良心觉醒否定战争所具有的优势？一面是十分厌倦，一面还得承认现实，就在这么一个情绪状态下，我那些朋友亲戚，和他们的理想，便完事了。这一来，真是"连根拔去"，筸军再也不会成为一个活的名词，成为湖南人谈军事政治的一忌了。而个人想从这个野性有生活力的烈火焚灼残余孤株接接枝，使它在另外一种机会下作欣欣向荣的发展开花结果的企图，自然也随之而摧毁了。

得到这个不幸消息时，我想起我生长那个小小山城两世纪以来的种种过去。因武力武器在手如何作成一种自足自恃情绪，情绪扩张头脑即如何逐渐失去作用，因此给人的苦难和本身的苦难。想起整个国家近三十年来的变迁，也无不由此而起，在变迁中我那家乡和其他地方青年的生和死，每因这生死交替于每一片土地上流的无辜的血，这血泊更如何增加了明白进步举足的困难。我想起这个社会背景发展中对年青一代所形成的情绪、愿望和动力，即缺少真正伟大思想家的引导与归纳，许多人活力充沛而常常不知如何有效发挥，结果便终不免依然一例消耗结束于近乎周期性的悲剧夙命中，任何社会重造品性重铸的努力设计，对目前情势言，都若无益白费。而夙命趋势，却从万千挣扎求生善良本意中，作成整个民族情感凝固大规模的集团自杀。

我也想到由于一种偶然机会，少数游离于这个共同趋势以外，由此产生的各种形式的衍化物。我和这一位年纪青青的木刻作者，恰代表一个小地方的一种情形：一则是处理生命的方式，和地方积习已完全游离，而出于地方性的热情和幻念，却正犹十分旺盛，因之结合成种种少安定性的发展。但依然不免因另外一种有地方性的物质与负气，会合了一点古典的游侠情感与儒家的朴素人生观，与时代俨若完全游离。即因此不免如其他乡人似异而实同的命运，僵仆于另外一种战场上,接受同一悲剧的结局。至于这个更新的年青的衍化物,从他的通信上,和作品自刻像一个小幅上,仿佛也即可看到一种命定的孤立,由强执、自信、有意的阻隔到永远的天真,共同作成一种无可避免的悲剧的将来。至于生活的败北,犹其小焉者。

最后一点涉及作者已近于预言,因此对作者也留下一点希望。我以为倘若所谓悲剧实由于性情一面的两用,在此为"个性鲜明"而在彼则为"格格不入"时,那就好好的发展长处,而不必作乡愿或政客,事事周到或八面玲珑来勇敢生活下去。应毫无顾虑的来接受挫折,不用退避也不必作无效果的自救。这是一个有良心的艺术家,有见解的思想家,和一个有勇气的战士,共同的必由之路。若悲剧只小半由于本来的气质,大半实出于后起的习惯,尤其是在十年游宕中养成的不良习惯时,想要保存衍化物的战斗性,持久存在与广泛发展,一种更新的坚韧素朴人生观的培育,实值得特别注意。

这种人生观的基础,应当建筑在对生命能作有效的控制,战胜自己被物态征服的弱点,从克制中取得一个完全独立的人格,以及创造表现的绝对自主性起始。由此出发,从优良传统去作广泛的学习,再将传统加以综合,由于虔诚和谦虚的试探,慢慢得到进步,作出崭新的成就。正因为工作真正贴近土地人民,只承认为人类而"工作",不为某一种政策某一时的"工具",存在于现代政治所培养的窄狭病态自私残忍习惯空气中,或反而遭受来自各方面的强力压迫与有意忽视,欲得一稍微有自主性的顺利工作环境也不容易。但这不妨事!倘若真有成就,这成就,在另外一时,将无疑依然会成为一时代的重要标志!

在人类文化史的进步意义上，一个真的巨人所有努力挣扎的方式，照例和流俗所悬望的目标即不会完全一致。一个伟大纯粹艺术家或思想家的手和心，既比现实政治家更深刻并无偏见和成见的接触一切，因此它的产生和存在，有时若与某种思潮表面或相异，或独立，都极其自然。它的伟大的存在，即于政治、宗教以外更形成一种进步意义和永久性。虽然两者真正的伟大处，也同样需要"正直"和"诚实"，而艺术更需要"无私"，比过去宗教现代政治更无私！必对人生有种深刻的悲悯，无所不至的爱，而对工作又不缺少狂热和虔敬，方能够忘我与无私！宗教和政治都要求人类公平与和平，两者所用方式却带来过无数战争，尤以两者新的混合所形成的偏持情绪和强大武力，战争的完全结束更无可望。过去艺术必须宗教和政治的实力扶育，方能和人民对面，因之当前欲挣扎于政治点缀性外亦若不可能。然而明日的艺术，却必将带来一个更新的庄严课题。将宗教政治的"强迫""统制""专横""阴狠"种种不健全情绪，加以完全的净化廓清，而成为一种更强有力光明的人生观的基础。

这也就是一种"战争"！（有个完全不同的含义。）惟有真的勇士，敢于从使人民无辜流血以外，不断有所寻觅，不断积累经验和发现，来培养爱与合作种子使之生根发芽，企图在人与人间建设一种新的关系，谋取人类真正和平与公正的工作者，方能担当这个艰巨重任，方敢担当这个艰巨重任。这种战争不是犹待起始，事实上已进行了许多年。试看看世界上一切科学家沉默工作的建设性和其他方式所形成的状况，加以比较，就可知于中国建筑一种更新的文化观和人生观，一个青年艺术家可能作的永久性工作，将从何努力着手。

这只是一个传奇的起始，不是结束。然而下一章，将不是我用文字来这么写下去，却是一群生气勃勃的青年木刻家，为人民的苦难的现实，能作各种忠实的叙述，而对于造成这种种苦难，最重要的使人民流血而发展集团的内战，加以"耻辱"与"病态"的标志，用一百集木刻，来结束这个残忍的时代，更用一百集木刻，写出国人由于一种新的觉醒，去共同向知识进取，驾驭钢铁，征服自然，促进实现一种更新时代的牧歌。"这是可能的吗？""不，这是必然的！"

（原载一九四七年三月二十三日天津<br>《大公报·星期文艺》第二十四期）<br>一九七九年七月，北京。字句小有更改。

## 附　记

这篇小文，是抗战八年后，我回到北京不多久，为初次介绍黄永玉木刻于读者而写成的。内中提及他的作品处文字并不多，大部分谈的却是作品以外事情，永玉本人也并不明白的本地历史和家中情况。从表面看来，只像"借题发挥"一种杂乱无章的零星回忆，事实上却等于我那小小地方近两个世纪以来形成的历史发展和悲剧结局，加以概括性的纪录。凡事都若偶然的凑巧，结果却又若宿命的必然。如非家乡劫后残余的中年人，是不大会理解到这个小文对于家乡现实，受历史性的束缚，使得以若干万计的有用青年，几几乎全部毁灭于无可奈何的战争形成的趋势中，而知识分子的灾难，也比湘西任何一县都来得严重。写它时，心中实充满了不易表达的深刻悲痛！因为我明白，在我离开家乡，去到北京阅读那本"大书"时，只不过是一个成年顽童，任何方面见不出什么聪敏才智过人处。只缘于正面接受了"五四"余波的影响，才能极力挣扎而出，走自己选择的道路。大多数比我优秀得多的同乡，或以责任所在，离不开教师职务，或认为冰山可恃，乐意在那个小小的孤立军事集团中磨混，到头来形势一有变化，几几乎全部在十多年中，无例外都完结于这种新的发展变化中。

这个小文，和较前一时写的《湘行散记》及《湘西》二书，前后相距约十年，叙述方法和处理事件各不相同，前者写背景和人事，后者谈地方问题，本文重点却范围更小，作纵的叙述。可是基本上是相通的。正由于深深觉得故乡土地人民的可爱，而统治阶层的保守无能、固步自封，在相互对照下，明日举步的困难，可以意想得到。因此把唯一转机希望，曾经寄托到年青一代的觉醒上。影响显明是十分微弱的，因为当时许多家乡读者，除了五六人受到启发，冲出那个环境，转到北方作穷学生，抗战时辗转到了延安。一般读者相差不多，只能从我作品中留下些"有趣"印象，看不出我反复提到的"寄希望于未来"的严肃意义。本文却以本地历史变化为经，永玉父母个人一生及一家灾难情形为纬，交织而成一篇文章。用的彩线不过三五种，由于反复错综联续，却形成土家族方格锦纹的效果。整幅看来，不免有点令人眼目迷乱，不易明确把握它的主题寓意何在。但是一个不为"概念""公式"所限制的读者，把视界放宽些些，或许将依然可以看出一点个人对于家乡"黍离之思"！

在本文末尾，我曾对于我个人工作作了点预言，也可说"一切不出所料"。由于性格上的局限性所束缚，虽能严格律己，坚持工作，可极端缺少对世事的灵活变通性。于社会变动中，既不知所以自处，工作当然配合不上新的要求，于是一切工作报废完事于俄顷。这也十分平常自然。还记得在解放前付印的选集《长河》引言中，我就曾经说过："横在我们面前许多事情，都不免使人痛苦，可是却不必悲观。社会在剧烈变化中前进，骤然而来的风雨，说不定会把许多人的高尚理想，卷扫摧残，弄得无踪无迹。然而一个人对于人类前途的热忱，和工作的虔敬态度，是应当永远存在，且必然能给后来者以极大鼓励的！……"我的作品，早在五三年间，就由印行我选集的开明书店正式通知，说是"各书已过时，凡是已印、未印各书稿及纸型，全部均代为焚毁"。随后是香港方面转载台湾一道明白法令，更进一步，法令中指明除一切已印未印作品，全部焚毁外，还包括永远禁止再发表任何作品。这倒是历史上少有奇闻。说"作品已过时"，由国内以发财为主要目的商人说出，若意思其实指的是"得即早让路，免得成为绊脚石"，倒还近情合理，我得承认现实。明白此路不通，即早改业，或可躲免意外灾星。至于台湾的禁令，则不免令人起幽默感。好像是八百万美式装备，满以为所向无敌，因此坚决要从内战上见个高低的一伙，料不到终究依然被"小米加步枪"的人民力量，打得个一败涂地。还不承认是由于政治上极端腐败必然的结果，却把打败仗的责任，以为是我写了点反内战小文章的原因，（本文似也应包括在内……）才出现这种禁令。采取这种办法，作出这种结论，是绝顶聪敏，还是极端愚蠢，外人不易明白，他们自己应当心中有数，十分清楚的！试作些分析，倒也十分有趣。听熟人说，北京现在有不少研究鲁迅先生的团体，谈起小说成就时，多不忘记把《阿Q正传》举例，其实若说真正懂得阿Q精神，照我看来，大致还应数台湾方面的掌握文化大权的文化官有深刻领会。这种禁令的执行，就是最好的证明，实在说来，未免把我抬得太高了。

至于三十多年前对永玉的预言，从近三十年工作和生活发展看来，一切当然近于过虑。由于为人既聪敏能干，性情又开扩明朗，对事事物物反应十分敏捷。在社会剧烈变动中，虽照例难免挫折重重，在重重挫折中，却对于他的工作，始终能充满信心，顽强坚持，克服了来自内外各种不易设想的困难，从工作上取得不断新的突破，并显明进展。生命正当成熟期，生命力之旺盛，明确反映到每一幅作品中给人以十分鲜明印象。吸引力既强，消化力又好，若善用其所长，而又能对于精力加以适当制约，不消耗于无多意义的世俗酬酢中，必将更进一步，为国家作出更多方面的贡献，实在意料中。进而对世界艺术丰富以新内容，也将是迟早间事。

一九七九年十月十四日于北京新窄而霉小斋

# 芷江县的熊公馆[①]

有子今人杰

宜年世女宗

芷江县的熊公馆，三十年前街名作青云街，门牌二号，是座三进三院的旧式一颗印老房子。进大门二门后，到了第一个院落，天井并不怎么大，石板地整整齐齐。门廊上有一顶绿呢官轿，大约是为熊老太太预备的，老太太一去北京，这轿子似乎就毫无用处，只间或亲友办婚丧大事时，偶尔借去接送内眷用用了。第二进除过厅外前后四间正房，有三间空着，原是在日本学兽医秉三[②]先生的四弟住房。四老爷口中虽期期艾艾，心胸却俊迈不群。生平欢喜骑怒马，喝烈酒，用钱如水而尚气任侠。不幸壮年早逝。四太太是凤凰军人世家田军门独生女儿，湘西镇守使田应诏妹妹，性情也潇洒利落，兼有父兄夫三者风味。既不必侍奉姑嫜，就回凤凰县办女学校作四姑太去了。所以住处就空着。走进那个房间时，还可看到一个

---

[①] 本篇发表于1948年1月3日天津《大公报》，为纪念熊希龄逝世十周年而作。署名沈从文。据《大公报》编入。

[②] 秉三：即熊希龄。

新式马鞍和一双长统马靴。四老爷摹拟拿破仑骑马姿式的大相，和四太太作约瑟芬装扮的大相，也一同还挂在墙壁上。第二个天井宽一点，有四五盆兰花和梅花搁在绿鬃漆架子上，两侧长廊檐楹下，挂有无数腊鱼风鸡咸肉。当地规矩，佃户每年照例都要按收成送给地主一点田中附产物，此外野鸡、鹌鹑、时新瓜果，也会按时令送到，有三五百租的地主人家，吃来吃去可吃大半年的。老太太心慈，照老辈礼尚往来方式，凡遇佃户来时，必回送一点糖食，一些旧衣旧料，以及一点应用药茶，总不亏人。老太太离开家乡上北京后，七太太管家，还是凡事照例。所以这种礼物已转成一种担负，还常得写信到北京去买药。第三进房子算正屋，敬神祭祖亲友庆吊礼节全在这里。除堂屋外有大房五间，偏房四间，归秉三先生幼弟七老爷[①]住。七老爷为人忠恕淳厚，乐天知命，为侍奉老太太不肯离开身边，竟辞去了第一届国会议员。可是熊老太太和几个孙儿女亲戚，随后都接过北京去了，七老爷就和体弱吃素的七太太，及两个小儿女，在家中纳福。在当地绅士中作领袖，专为同乡大小地主抵抗过路军队的额外摊派。（这个地方原来从民三以后，就成为内战部队移动来往必经之路，直到抗战时期才变一变地位，人民是在摊派捐款中活下来的。）遇年成饥荒时，即用老太太名分，捐出大量谷米拯饥。加之勤俭治生，自奉极薄，待下复忠厚宽和，所以人缘甚好。凡事用老太太名分，守老太太作风，尤为地方称道。第三院在后边，空地相当大，是土地，有几间堆柴炭用房屋，还有一个中等仓库。仓库分成两部分：一储粮食，一贮杂物；杂物部分顶有趣味，其中关于外来礼物，似乎应有尽有，记得有一次参加清

---

[①] 七老爷：熊希龄之弟熊捷三。

理时，曾发现过金华的火腿，广东的鸭肝香肠，美国牛奶，山西汾酒，日本小泥人，云南冬虫草，……一共约百十种均不相同。还有毛毛胡胡的熊掌，干不牢焦的什么玩意儿。芷江县地主都欢喜酬酢，地当由湘入黔滇川西南孔道，且是掉换船只轿马一大站，来往官亲必多，上下行过路人带土仪上熊府送礼事自然也就格外多。七太太管家事，守老太太家风，本为老太太许愿吃长素，本地出产笋子菌子已够一生吃用，要这些有什么用？因此礼物推来送去勉强收下后，多原封不动，搁在那里，另外一时却用来回馈客人，因此坏掉的自然也不少。后院中有一株柚子树，结实如安江品种，不知为什么总有点煤油味，一见我们吃它时，七太太就皱眉，扮着难于下咽神情，还说过去七老爷弟兄等吃它时，老太太可不怕酸。

正屋大厅中，除了挂幅沈南蘋①画的仙猿蟠桃大幅，和四条墨竹，一堵壁上还高挂了一排二十枝鸟羽铜镞的长箭，箭中有一枝还带着个多孔骨垛的髇箭头。这东西虽高悬壁上不动，却让人想起划空而过时那种呼啸声。很显然，这是熊老太爷作游击参将多年，熊府上遗留下来的唯一象征了。

这是老屋大略情形，秉三先生的童年，就是在这么一个家中，三进院落和大小十余个房间范围里消磨的。

老房子左侧还有所三进两院新房子，不另立门户，门院相通。新屋房间已减少，且把前后二院并成一个大院，所以显得格外敞朗。平整整方石板大空院，养了约三十盆素心兰和鱼子兰，二十来盆茉莉。两个固定花台还栽有些山茶同月季。有一口大金鱼缸，缸中搁了座二尺来高透瘦石山，上面长了株小小黄杨树，一点秋海

---

① 沈南蘋：即沈铨，清画家。

棠，一点虎耳草。七老爷有时在鱼缸边站站，一定也可得到点林泉之乐。（若真的要下乡去享受享受田野林泉，就恐得用三十名保安队护围方能成行。照当时市价，若绑到七老爷的票，大约总得五十枝枪才可望赎票的。）正面是大花厅，请客时可摆六桌酒席。壁上挂有明朝人画的四幅墨龙，龙睛凸出，从云中露爪作攫拿状，墨气淋漓，像带着风雨湿人衣襟神气。另一边又挂有赵秉钧①书写的大八尺屏条六幅，写唐人诗，作黄涪翁②体，相当挺拔潇洒。院子另一端，临街是一列半西式楼房，上下两层，各三大间。上层分隔开用作书房和卧室，还留下几大箱杂书。下面是客厅，三间打通合而为一，有硬木炕榻，嵌大理石太师椅，半新式醉翁躺椅。空中既挂着蚀花玻璃的旧式宫灯，又悬着一个斗篷罩大煤油灯。一切如中等旧式人家，加上一点维新事物，所以既不摩登刺目，也不式微萧索。炕后长条案上，还有一架二尺阔瓷器插屏，上面作寿比南山戏文。对三尺高彩瓷花瓶，瓶中插了几支孔雀长尾，翎眼仿佛睁得圆圆的，看着这室中一片寂寞一片灰，并预测着将来变化。对着迎面那八扇带彩色的玻璃门，担心到另一时会有人偷去。还有一个衣帽架，是京式样子，在北京熊府大客厅中时，或许曾有过督军巡阅使之类要人的紫貂海龙裘帽搁在上面过。但一搬到这小地方来，显然就和人才一样，无事可作并装点性也不多了。照当地风气，十冬腊月老绅士多戴大风帽，罩着全个肩部，并不随时脱下。普通壮年中年地主绅士，多戴青缎乌绒瓜皮小帽，到人家作客时，除非九九消

---

① 赵秉钧：河南人，辛亥革命时，为袁世凯得力助手，后继唐绍仪为国务院总理。

② 黄涪翁：即黄庭坚，北宋诗人、书法家，与苏轼齐名，世称"苏黄"。

寒遣有涯之生，要用它来拈阄射覆赌小酒食，也并不随便脱下的。

这个客厅中也挂了些字画，大多是秉三先生为老太太在北京办寿时收下的颂祝礼物。有章太炎①和谭组庵②的寿诗，还有其他几个时下名人的绘画。当时做寿大有全国性意味，象征各方面对于这个人伦领袖的期许和钦崇，礼物一定极隆重。但带回家来的多时贤手笔，可知必经过秉三先生的选择。示乡梓以富不如示乡梓以德。给我印象极深刻的，是一幅署名黎元洪③的五言寿联。这是当时大总统的手笔，字大如斗，气派豪放，措词也极得体。联语仅十个字：

有子今人杰
宜年世女宗

将近三十年了，中国或世界都有了几次大变，无数伟人功名德业也都随时间成尘成土，这十个字在我印象中还很鲜明。当时最觉得惬意的，还是上联"今人杰"三个字，似乎比我正读过的《水浒传》小说全部英雄豪杰还伟大动人。因为这个称呼我相信不会是像普通意思，用杀人方法作成，却必然由于另外一种努力，见出人格的素朴和单纯，悲悯与博大，远见和深思，方足当这个称呼而无愧的。这种人杰是国家进步永远不可少，然而并世异代却并不多的。但本

---

① 章太炎：即章炳麟，中国近代民主革命家、思想家。
② 谭组庵：即谭延闿。湖南人。1907年组织湖南宪政会，主张君主立宪。辛亥革命时，杀害湖南正副都督焦达峰、陈作新，篡夺都督职位。1927年后，曾任南京国民政府主席、行政院长等职。
③ 黎元洪：北洋政府总统。

地人看来，却恐并无多大兴味。

这院中两进新屋，大约是秉三先生回乡省亲扫墓时前一年方建造。本人一离开，老太太和儿孙三四人都过了北方，府中房多人口少，那房子就闲下来了。客厅平时就常常关锁着，只一年终始或其他过节做寿，七老爷要请酒时，才收拾出来待客。这院子平日也异常清静，金鱼缸边随时可发现不知名小雀鸟低头饮水。夏天素心兰茉莉盛开，全院子香气清馥，沁人心脾。花虽盛开却无人赏鉴，只间或有小丫头来剪一二枝，作观音像前供瓶中物。或自己悄悄摘一把鱼子兰和茉莉，放入胸前围裙小口袋中。这种花照例一沾人身上热气就特别香，小丫头到七太太身边时，七太太把鼻子皱皱，只笑笑："翠柳，你不要自己尽摘，多摘点送给胡四姑太和龙家唐家去！"小丫头于是也笑笑，因为一到下半天，就可带了半篮子鲜花各处去玩玩了。胡家龙家唐家，都是芷江县地主绅士大户。

这所现代相府，我曾经勾留过一年半左右。还在那个院子中享受了一个夏天的清寂和芳馥，并且从楼上那两个大书箱中，发现了一大套林译小说①，迭更司②的《贼史》《冰雪因缘》《滑稽外史》《块肉余生述》等等，就都是在那个大院中花架边台阶上看完的。这些小说对我仿佛是良师而兼益友，给了我充分教育也给了我许多鼓励，因为故事上半部所叙人事一切艰难挣扎，和我自己生活情况就极相似，至于下半部是否如书中顺利发展，就全看我自己如何了。书箱中还有十来本白棉纸印谱，且引诱了我认识了许多汉印古

---

① 林译小说：林纾用文言翻译的西方小说。
② 迭更司：即狄更斯，英国小说家。《贼史》即《雾都孤儿》，亦作《奥立弗·退斯特》；《滑稽外史》即《匹克威克外传》；《块肉余生述》即《大卫·科波菲尔》。

玺的款识。后来才听黄大舅说,这些印谱都还是作游击参将熊老前辈的遗物,至于这是他自己治印的成就,还是他的收藏,已不能够知道了。老前辈还会画,在那时称当行。这让我想起书房中那幅洗马图,大约也是熊老太爷画的。秉三先生年过五十后,也偶然画点墨梅水仙,风味极好。上海余庆路二号家中客厅里正中悬挂的那个罗汉屏墨梅,落英繁蕊,清逸中有富贵气象,看过的都十分称赏,或者和庭训多少有点关系。

那房子离沅州府文庙只一条小甬道,两堵高墙。事很凑巧,凤凰县的熊府老宅,离文庙也不多远。旧式作传记的或将引孟母三迁故事,以为必系老太太觉得居邻学宫,可使儿子习儒礼,因而也就影响到后来一生功名事业。但就我所知道的秉三先生一生行事说来,人格中实蕴蓄了儒墨各三分,加上四分民主维新思想,综合而成。可以说是新时代一个伟大政治家,其一生政治活动,实作成了晚清渡过民初政治经济的桥梁,然并非纯儒,在政治上老太太影响似不如当时朱夫人来得大。所以朱夫人过世后,行为性情转变得也特别大。老太太身经甘苦,家常素朴,和易亲人,恰恰如中国其他地方老辈典型贤母一样,寓伟大于平凡中。八十大寿时,虽在北平府宅中,高居安处,儿孙环侍,大总统以次伟人悍帅,云集一室,骈立献寿,极一时人间豪华富贵。事实上以老太太自择,恐仍不如乡居之时,与二三戚里家人,于家里那所空院中晒黄酱,制腌菜,作菌油豆腐乳,谈家常旧话,易得有生真乐。秉三先生五十以后的生活,自奉俭薄到不必要程度。牺牲一切于平民教育,甚至尽捐家产于慈幼院,每月反向董事会领取二三百元薪水,若用世俗眼光看去,自然便不免觉得突兀奇异,有不易索解处。若检讨及环境背景,会发现原来老太太八十年都如此过日子,庭训所及,到时反朴近真，亦极自然合理也。

熊公馆右隔壁有个中级学校，名"务实学堂"。似从清末长沙那个时务书院取来。梁任公[①]先生二十余岁入湘至时务书院主讲新学，与当时新党人物谭嗣同、唐才常诸人主变法重新知活动，实一动人听闻有历史性故事。蔡松坡、范静生时称二优秀学生，到后来一主军事，推翻帝制，功在民国为不朽；一长教育，于国内大学制度、留学政策、科学研究、对全国学术思想发展贡献更极远大。任公先生之入湘，秉三先生实始赞其成，随后出事，亦因分谤而受看官处分。这个学校虽为纪念熊老太太设立，实尚隐寓旧事。校舍是两层楼房若干所，照民初元时代新学堂共通式样，约可容留到二百五十人寄宿。但当我到那里时，学校早已停顿，只养蚕部分因有桑园十余亩，还用了一个技师、六个学生、几十个工人照料，进行采桑育蚕。学校烘茧设备完全，用的蚕种还是日本改良种，结茧作粉红色，瀹丝时共有十二部机车可用。诸事统由熊府一亲戚胡四老爷管理。学校还有一房子化学药品，一房子标本仪器，一房子图书，一房子织布木机，都搁在那里无从使用。（正如象征着创办者的政治经济理想，失去了合宜环境，便只合搁置下去。）秉三先生家中所有旧书也捐给了学校。学校停办或和经费有关，一切产业都由熊府捐赠，当初办时，或尚以为可由学校职业科生产物资，自给自足，后来始发现势不可能。这学校抗战后改成为香山慈幼院芷江分院女子初级中学，由慈幼院主持，前后相去已二十八年，学校中的树木，大致都已高过屋檐头，长大到快要合抱了。我还记住右侧第二列楼房前面草地上，有几株花木枝桠间还悬有小小木牌，写明是

---

① 梁任公：即梁启超。

秉三先生某某年手植。如至今犹幸而存在，召伯甘棠，毋翦毋伐，如何来好好护持，就全看后来者用心了。

我从这个学校的图书室中，曾翻阅过《史记》《汉书》，和一些其他杂书。记得还有一套印刷得极讲究的《大陆月报》，用白道林纸印，封面印了个灰色云龙，里面有某先生译的《天方夜谭》连载。渔人入洞钓鱼见化石王子坐在那里垂泪故事，把鱼钓同鱼在锅中说故事的故事，至今犹清清楚楚。但是事实上说来，我这个小文，所涉及的地方人事，风俗习惯，从较年轻一辈看来，也快要成为天方夜谭了。

我到芷江县，正是五四运动发生的民国八年，在团防局作个小小办事员，主要职务是征收四城屠宰捐。太史公《史记》叙游侠刺客，职业多隐于屠酤之间，且说这些人照例慷慨而负气，轻生而行义，拯人于患难之际而不求报施，比士大夫犹高一等。我当时的职业，倒容易去和那些专诸、要离①后人厮混。如欢喜喝一杯，差不多每一张屠桌边都可蹲下去，受他们欢迎。不过若想从这些屠户中发现一个专诸或要离，可不会成功！想不到的是有一次，我正在那些脸上生有连鬓胡子，手持明晃晃尖刀，作疱丁解牛工作的壮士身边看街景时，忽然看到几个在假期中回家，新剪过发辫的桃源女师学生，正从街头并肩走过。这都是芷江县大小地主的女儿。这些地主女儿的行为，从小市民看来其不切现实派头，自然易成笑料；记得面前那位专诸后人，一看到她们，联想起许多对于女学生传说，竟放下屠刀哈哈大笑，我也就参加了一份。不意十年后，这些书读

---

① 专诸、要离：春秋时著名游侠者。专诸，吴国人，助吴公子光刺杀吴王僚，自己亦当场被杀。要离，吴国人，助吴国阖闾刺杀吴公子庆忌，随后自杀。

不多热情充沛的女孩子，却大都很单纯的接受了一个信念，很勇敢的投身入革命的漩涡中，领受了各自命运中混有血泪的苦乐。我却用熊府那几十本林译小说作桥梁，走入一崭新的世界，伟人烈士的功名，乡村儿女的恩怨，都将从我笔下重现，得到更新的生命。这也就是历史，是人生。使人温习到这种似断实续的历史，似可把握实不易把握的人生时，真不免感慨系之！

北平石驸马大街熊府，和香山慈幼院几个院落中，各处都有秉三先生手种的树木，二十五年来或经移植，或留原地，一定有许多已长得高大坚实，足当急风猛雨，可以荫蔽数亩。又或不免遭受意外摧残；凋落萎悴，难以自存，诵召伯甘棠之诗，怀恭敬桑梓之义，必有人和我同样感觉；还有些事未作，还有些责任待尽。

三十六年十二月十九日

# 新湘行记[1]

## ——张八寨[2]二十分钟

汽车停到张八寨,约有二十分钟耽搁,来去车辆才渡河完毕。溪水流到这里后,被四围群山约束成个小潭,一眼估去大小约半里样子。正当深冬水落时,边沿许多部分都露出一堆堆石头,被阳光雨露漂得白白的,中心满潭绿水,清莹澄澈,反映着一碧群峰倒影,还是异常美丽。特别是山上的松杉竹木,挺秀争绿,在冬日淡淡阳光下,更加形成一种不易形容的清寂。汽车得从一个青石砌成的新渡口用一支方舟渡过,码头如一个畚箕形,显然是后来人设计,因此和自然环境还不十分谐和。潭上游一点,还有个老渡口,尚有只老式小渡船,出一个掌渡船的拉动横贯潭中水面竹缆索,从容来回渡人。这种摆渡画面,保留在我记忆中不下百十种。如照风景习惯,必然作成"野渡无人舟自横"的姿势,搁在靠西一边白石滩头,才像是符合自然本色。因为不知多少年来,经常都是那么搁下,无事可为,镇日长闲,和万重群山一道在冬日阳光下沉睡!但

---

[1] 本篇发表于1957年6月《旅行家》第6期。署名沈从文。据《旅行家》编入。

[2] 张八寨:亦名张排寨,属吉首县。

是这个沉睡时代已经过去了。大渡口终日不断有满载各种物资吼着叫着的各式货车,开上方舟过渡。此外还有载客的通车,车上坐着新闻记者,电影摄影师,音乐、歌舞、文物调查工作者,画师,医生,……以及近乎挑牙虫卖膏药的,陆续来去。近来因开放农村副业物资交流,附近二十里乡村趁乡场和到州上做小买卖的人,也日益增多。小渡船就终日在潭中来回,盘载人货,没有个休息时。这个觉醒是全面的。八十二岁的探矿工程师丘老先生,带上一群年青小伙子,还正在湘西各县爬山越岭,预备用槌子把矿藏的山头一一敲醒。许多在地下沉睡千万年的煤、铁、磷、汞,也已经有了一部分被唤醒转来!

　　小船渡口东边,是一道长长的青苍崖壁,西边有个裸露着大片石头的平滩,平滩尽头到处点缀一簇簇枯树。其时几个赶乡场的男女农民,肩上背上挑负着箩箩筐筐,正沿着悬崖下脚近水小路走向渡头。渡船上有个梳双辫女孩子,攀动缆索,接送另外一批人由西往东。渡头边水草间,有大群白鸭子在水中自得其乐的游泳。悬崖罅缝间绿茸茸的,崖顶上有一列过百年的大树,大致还是照本地旧风俗当成"风水树"保留下来的。这些树木阅历多,经验足,对于本地近十年新发生任何事情似乎全不吃惊,只静静的看着面前一切。初初来到这个溪边的我,环境给我的印象和引起的联想,不免感到十分惊奇!一切陌生一切又那么熟习。这实在和许多年前笔下涉及的一个地方太相像了,因之对它仿佛相熟的可能还不只我一个人。正犹如千年前唐代的诗人,宋代的画家,彼此虽生不同时,都由于一时偶然曾经置身到这么一个相似自然环境中,而产生了些动人的诗歌或画幅;一首诗或者不过二十八个字,一幅画大小不过一方尺,留给后人的印象,却永远是清新壮丽,增加人对于祖国大好河山的感情。至于我呢，手中的笔业已荒疏了多年，忽然又来到这么一个地方，记忆习惯中的文字不免过于陈旧了，触目景物人事却十分新。在这种情形下，只有承认手中这枝拙劣笔，实在无可为力。

我为了温习温习四十年前生活经验，和二十四五年前笔下的经验，因此趁汽车待渡时，就沿了那一列青苍苍崖壁脚下走去，随同那几个乡下人一道上了小渡船。上船以后，不免有些慌张，心和渡船一样只是晃。临近身边那个船上人，像为安慰我而说话：

"慢慢的，慢慢的，站稳当点。你慌那样！"

几个乡下人也同声说："不要忙，不要忙，稳到点！"一齐对我善意望着。显然的事，我在船中未免有点狼狈可笑，已经不像个"家边人"样子。

大渡口路旁空处和园坎上，都堆得有许多竹木，等待外运。老南竹多锯削成扁担大小长片，三五百缚成一捆。我才明白在北行火车上，经常看到满载的竹材，原来就是从这种山窝窝里运出去，往东北西北支援祖国工矿建设的。木材也多经过加工处理，纵横架成一座座方塔，百十根作一堆，显明是为修建湘川铁路准备的。令我显得慌张的，并不尽是渡船的摇动，却是那个站在船头、嘱咐我不必慌张、自己却从从容容在那里当家作事的弄船女孩子。我们似乎相熟又十分陌生。世界上就真有这种巧事，原来她比我二十四年前写到的一个小说中人翠翠，虽晚生十来岁，目前所处环境却仿佛相同，同样在这么青山绿水中摆渡，青春生命在慢慢长成。不同处是社会变化大，见世面多，虽然对人无机心，而对自己生存却充满信心。一种"从劳动中得到快乐增加幸福"成功的信心。这也正是一种新型的乡村女孩子共同的特征。目前一位有一点与众不同，只是所在背景环境。

　　她大约有十四五岁的样子，除了胸前那个绣有"丹凤朝阳"的挑花围裙，其余装束神气都和一般青年作家笔下描写到的相差不多。有张长年在阳光下曝晒、在寒风中冻得黑中泛红的健康圆脸，双辫子大而短，是用绿胶线缚住的，还有双真诚无邪神光清莹的眼睛。两只手大大的、粗粗的，在寒风中也冻得通红。身上穿一件花布棉袄子，似乎前不多久才从百货公司买来，稍微大了一点。这正是一种共通常见的形象，内心也必然和外表完全统一，真诚、单纯、素朴，对本人明天和社会未来都充满快乐的期待及成功信心，而对于在她面前一切变化发展的新事物，更充满亲切好奇热情。文化程度可能只读到普通小学三年级，认得的字还不够看完报纸上的新闻纪事，或许已经作了寨里读报组小组长。新的社会正在起着深刻变化，她也就在新的生活教育中逐渐发育成长。目前最大的野心，是另一时州上评青年劳模，有机会进省里，再到京里，看看天安门和毛主席。平时一面劳作一面想起这种未来，也会产生一种永远向前的兴奋和力量。生命形式即或如此单纯，可是却永远闪耀着诗歌艺术的光辉，同时也是诗歌艺术的源泉。两手攀援缆索操作的样子，一看就知道是个内行，巴渡船[①]应当是她一家累代的职业。我想起合作化，问她一月收入时，她却笑了笑，告给我：

　　"这是我伯伯的船，不是我的。伯伯上州里去开会。我今天放假，赶场来往人多，帮他忙替半天工。"

　　"一天可拿多少工资分？"

　　"这也算钱吗？你这个人——"她于是抿嘴笑笑，扭过了头，

---

① 巴渡船：巴，湘西方言，巴渡船即拉渡船。

面对汤汤流水和水中白鸭，不再答理我。像是还有话待我自己去体会，意思是："你们城里人会做生意，一开口就是钱。什么都卖钱。一心只想赚钱，别的可通通不知道！"她或许把我当成食品公司的干部了。我不免有一点儿惭愧起自心中深处。因为我还以为农村合作化后，"人情"业已去尽，一切劳力交换都必需变成工资分计算。到乡下来，才明白还有许多事事物物，人和人相互帮助关系，既无从用工资分计算，也不必如此计算；社会样样都变了，依旧有些好的风俗人情变不了，我很满意这次过渡的遇合，提起一句俗谚"同船过渡五百年所修"，聊以解嘲。同船几个人同时不由笑将起来，因为大家都明白这句话意思是"缘法凑巧"。船开动后，我于是换过口气请教，问她在乡下作什么事情还是在学校读书？

她指着丛树后一所瓦屋说："我家住在那边！"

"为什么不上学？"

"为什么？区里小学毕了业，这边办高级社，事情要人做，没有人，我就做。你看那些竹块块和木头，都是我们社里的！我们正在和那边村子比赛，看谁本领强，先作到功行圆满。一共是二百捆竹子，百五十根枕木，赶年下办齐报到州里去。村里还派我办学校，教小娃娃，先办一年级。娃娃欢喜闹，闹翻了天我也不怕。"

我随她手指点望去，第二次注意到堆积两岸竹木材料时，才发现靠村子码头边，正有六七个小顽童在竹捆边游戏，有两个已上了树，都长得团头胖脸。其中四个还穿着新棉袄子。我故意装作不明白问题："你们把这些柱头砍得不长不短，好竹子也锯成片片，有什么用处？送到州里去当柴烧，大材小用，多不合算！"

她重重盯了我一眼，似乎把我底子全估计出来了，不是商业干部是文化干部，前一种太懂生意经，后一种太不懂。"嗨，你这个人！竹子木头有什么用？毛主席说，要办社会主义，大家出把力气，事情就好办。我们湘西公路筑好了，木头、竹子、桐油、朱砂，一年不断往外运。送到好多地方去办工厂、开矿，什么都有用！……"末了只把头偏着点点，意思像是"可明白"？

我不由己的对着她翘起了大拇指，译成本地语言就是"大脚色"。又问她今年十几岁，十四还是十五？不肯回答，却抿起嘴微笑。好像说"你猜吧"。我再引用"同船过渡"那句老话表示好意，说得同船乡下人都笑了。一个中年妇人解去了拘束后，便插口说："我家五毛子今年进十四岁，小学二年级，也砍了三捆竹子，要送给毛主席，办社会主义。两只手都冻破了皮，还不肯罢手歇气。"巴渡船的一位听着，笑笑的，爱娇的，把自己两只在寒风中劳作冻得通红的手掌，反复交替摊着，"怕什么，比赛罗。人家苏联多远运了大机器来，在等着材料砌房子。事情不巴忙①作，可好意思吃饭？自家的事不作，等谁作！"

"是嘛，自家的事情自家作，大家作，就好办。"

新来汽车在渡口嘟嘟叫着。小船到了潭中心，另一位向我提出了个新问题："同志，你是从省里来的？可见过武汉长江大铁桥？什么时候完工？"

"看见过！那里有万千人笼夜②赶工，电灯亮堂堂的，老远只听到机器哗喇哗喇的响，真热闹！"

"办社会主义就是这样，好大一条桥！"

"你们难道看见过大铁桥？"

---

① 巴忙：湘西方言，亦作霸蛮，尽全力之意。
② 笼夜：湘西方言，整夜之意。

……说下去,我才知道原来她有个儿子在那边作工,年纪二十一岁,是从这边厂里调去的,一共去七个人。下乡电影队来放电影时,大家都从电影上看过大桥赶工情形,由于家有子侄辈在场,都十分兴奋自豪。我想起自治州百七十万人,共有三百四十万只勤快的手,都在同一心情下,为一个共同目的而进行生产劳动,长年手足贴近土地,再累些也不以为意。认识信念单纯而素朴,和生长在大城市中许多人的复杂头脑,及专会为自己好处作打算的种种表现,相形之下真是无从并提。

小船恰当此时,訇的碰到了浅滩边石头上,闪不知船滞住了。几个人于是又不免摇摇晃晃,而且在前仰后仆中相互笑嚷起来:"慢点嘛,慢点嘛,忙那样!又不是看戏坐前排,忙那样!"

女孩子一声不响早已轻轻一跃跳上了石滩,用力拉着船绳,倾身向后奔,好让船中人起岸,待让另一批人上船。一种责任感和劳动的愉快结合,留给我个要忘也不能忘的印象。

我站在干涸的石滩间,远望来处一切。那个隐在丛树后的小小村落,充满诗情画意。渡口悬崖罅缝间绿茸茸的,似乎还生长有许多虎耳草①。白鸭子已游到潭水出口处石坝浅滩边去了,远远的只看见一簇簇白点子在移动。我想起种种过去,也估计着种种未来,觉得事情好奇怪。自然景物的清美,和我另外一时笔下叙述到的一个地方,竟如此巧合。可是生存到这里的人,生命的发展却如此不同。这小地方和中国任何其他乡村一样,正起着深刻的变化。第一声信号还在十年前,即那个青石板砌成的畚箕形渡口边,小孩子游戏处,曾有过一辆中型客车在此待渡,有七个文武官员坐在车中,

---

① 虎耳草:俗称金丝荷叶,多年生草本植物,叶呈肾形或圆形。

一阵枪声下同时死去。这是另外一时那个"爱惜鼻子的老友"告给我的。这故事如今可能只有管渡船的老人还记住,其他人全不知道,因为时间晃晃快过十年了。现在这个小地方,却正不声不响,一切如随同日月交替、潜移默运的在变化着。小渡船一会儿又回到潭中心去了。四围光景分外清寂。

在一般城里知识分子面前,我常常自以为是个"乡下人",习惯性情都属于内地乡村型,不易改变。这个时节,才明白意识到,在这个十四五岁真正乡村女孩子那双清明无邪眼睛中看来,却只是个寄生城市里的"蛀米虫",客气点说就是个"十足的、吃白米饭长大的城里人"。对于乡下的人事,我知道的多是百八十年前的老式样。至于正在风晴雨雪里成长,起始当家作主的新人,如何当家作主,我知道的实在太少了。

一九五七年五月

# 凤凰观景山[①]

我不懂艺术，又不会作画，可是从小生长在湘西苗区一个小小山城中，周围数十里全是山重山，只临到城边时，西边一点才有一坝平田出现，城东南还是群峰罗列。一年四季随同节令的变换，山上草木岩石也不断变换颜色，形成不同画面，浸入我的印象中，留下种种不同的记忆，六七十年后，还极其鲜明动人，即或乐意忘记也总是忘不了。特别是靠城东南边那个观景山，因为山上原本是个山砦，下边有座本地人迷信集中的天王庙，山砦实际控制着全县城，上面原住了一排属于辰沅永靖兵备道的绿营战兵。站在山砦石头垒成的碉楼上，远望西边可及平田尽头的雷草坡一带，远处山坡动静，和那些二百年前设立在近郊远近山头的碉堡安危情况，近则城北大河，及对河苗乡一切，也遥遥在望。城南地势逐渐上升，约二里后直达一个山口，设有重兵把守，名叫"茶叶坡"。我还记得我极小时，听父亲说过，祖父沈毛狗和叔祖父，从七十里出朱砂的大峒岔逃荒到县城时，已及黄昏，走长路太累，坐在关前歇歇，觉

---

[①] 本篇为作者一篇未完成的遗作，大约写于1982年或1983年春。1992年，沈虎雏根据两种初稿整理，初次收入岳麓书社1992年12月出版的《沈从文别集·凤凰集》。据整理稿编入。

得极冷，用手摸摸，才明白路旁全是人头，比我在辛亥前夕所见，显然更多百十倍。不到三千户人家的小山城，一个兵备道管辖下，就有三千多战守兵设防，主要作用就是杀造反的人！

观景山在我作顽童时代，看来已失去了它的作用，但是照旧还设立有几户守兵，专管晚上全城治安，有老兵轮流在上面打更司柝。城里照习惯，每街都设有栅栏门，到二更后就断绝行人。由本街居民出钱，雇有专人打更守夜。换班换点，多凭山上的更点作准，才不至于误时。或城中某街失火走水①，山上守兵就擂梆子告警。一切还保留百年前一点旧制度、旧习惯，让人体会到这地方在前一世纪原本是个大军营。定下许多维持治安的办法，直到辛亥以后才取消。

这个观景山近城一面被一片树木包围着，上面有大几百株三四人才能合抱的皂角木、枫香树、香楠树及灯笼花古树，树高可能达二十余丈，各自亭亭上耸天半。有落叶乔木，也有四季常青的乔木。初春发荣时，树干必先湿湿的，随后树上才各自呈现各种不同程度的嫩绿色，或白茸茸一片灰芽，多竞秀争荣，且常常在树上就分出等级来。再不多久，能开花的就依次开花，使得小山城满城都浸在一种香气馥郁中。

先是冬晴天气中，每个人家两侧上耸高墙②和屋脊上，必有成群结伙的八哥鸟，自得其乐的在上面歌唱聒吵，有时还会摹仿各种其他雀鸟的鸣声，到春天来时，即转向郊外平田飞去，跟着犁田的

---

① 走水：失火之意。
② 两侧上耸高墙：凤凰民居的山墙多高过屋顶和屋脊，起防火作用，故称风火墙。

水牛身后吃蚯蚓,或停在耕牛背上或额角间休息。人家屋脊上已换了郭公鸟,天明不久就孤独地郭公郭公叫个不停。后来才知道是古书上的"戴胜"。春雷响后,春雨来时,郭公也不见了。观景山则已成一片不同绿色作成,丰丰茸茸的大画屏。有千百鸣声清脆的野画眉,在春光中巧转舌头。随后是鸣声高亢急促,尖锐悲哀的杜鹃,日夜间歇不停的□□,尤其是在春雨连绵的深夜里,这种有情怪鸟鸣声特别动人。住在城中半夜里,唯一可听到远处杜鹃凄惨的叫声,时间可延长到夏初。早上则住城内的最多是燕子,由衔泥砌窠到生子"告翅",呢呢喃喃迎来了春夏。

至于出城,山上鸟雀之多可就无从计数了。我的故乡是出锦鸡的地方,一身毛色奇美,叫声□□。

大型鸟类,则数一身明黄的青鸟,在寂静中一声"勾嘟亢当",极容易引人到一种梦境清寂中去。各种啄木鸟声,于夏初树林中,也是一种有趣的声音。这类鸟虽不会叫,形状却十分别致,总是用两只爪子抓定面前树干,许多人家都畜养在笼中,供孩子们取乐。直到抗战时期,每只市价还不过一元中央票。(山上)还多"金不换"[①]鸟,比锦鸡小些,也宜于笼养。最善反复自呼其名,有的能延续到三十次以上,才乐意休息。

我倒欢喜那些不受豢养的鸟类,如夏天傍晚时在田禾深处咕咕咕咕直啼唤的秧鸡,全身乌黑,行动飞快,声音虽极单纯,调子可极特别,若当大白天则一声不响。大白天多的是竹林中的画眉鸟,或锐声长呼"婆婆酒醉","婆婆酒醉归",等到人逼近时,才一哄飞散,可是在另外竹林中,又复重新放歌。这种画眉本地人或叫竹

---

[①] 金不换:这种鸟鸣叫声像"金不换,金不换",故得此名。

雀，或叫洋画眉。

另外还有种土鹦哥，形象极不美观，一身毛色也只灰扑扑的，且显得野性习惯，顽劣无以复加。乡下人设套捉来时，放竹笼中，初初不吃不喝，拒绝饮食，且必碰笼，直到头部茸毛脱尽仍不屈服。可是懂它的脾气的乡下人，总尽它生气，碰得个毛血淋漓精疲力尽，又渴又饥时，才再给它一点水喝，和米头子吃。过十天半月，就慢慢的转变了。平时声音还是哑嘶嘶的，且极单纯，再过一阵，你才会发现它的聪明天赋。特别是善于摹仿别的鸟声，以至于猫儿声音、小孩子哭声，远比真正红嘴绿色鹦哥或八哥还伶俐懂事，领会别的生物声音能力还强，学来更逼真。一到和人表示亲善后，就特别亲人。本城里多的是军人，在镇道两衙署当公差的军人，真正公事并不多，却善于栽花养鸟。我还记得和我近邻那个滕老四，家中养得有八哥和土鹦哥，滕老四上街时，经常就提了个竹丝鸟笼，那只土鹦哥却在他肩头上站立，有时又远远飞去，等待主人。

# 我的写作与水的关系[①]

在我一个自传里，我曾经提到过水给我的种种印象。檐溜，小小的河流，汪洋万顷的大海，莫不对于我有过极大的帮助，我学会用小小脑子去思索一切，全亏得是水，我对于宇宙认识得深一点，也亏得是水。

"孤独一点，在你缺少一切的时节，你就会发现原来还有个你自己。"这是一句真话。我有我自己的生活与思想，可以说是皆从孤独得来的。我的教育，也是从孤独中得来的。然而这点孤独，与

---

[①] 本篇发表于《文学》一周年纪念特辑，1934年7月上海生活书店以《我与文学》为书名初版，署名沈从文。收入《废邮存底》一书时被删去原作前二段文字：

我可以说是与文学毫无关系的一个人，在这种题目上来说话，真是无话可说的。第一，我看不懂正在研究文学的人所作的文章，第二，我弄不明白许多作家教人作文章的方法，第三，我猜不透一些从事于文学事业的人自己登龙为人画虎的作用。近十年来我虽写了一大堆小说，但那并不算什么，这不过从生活上，我经过的是与人稍稍不同的生活，从书本上，我又恰恰读了一些很杂乱的书，加之在军营里作书记时，我学得一种老守在桌边的"静"，过去日子又似乎过的十分"闲"，所以就写成了那么些小说故事罢了。

但在我的工作上，照一般称呼说来既算得是"文学事业"，这事业要来追究一下，解释一下，或对于比我年青一点的朋友，多少有点用处。我可以说的，是我这个工作的基础，并不建筑在"一本合用的书"或"一堆合用的书"上，因为它实在却只是建筑在"水"上。

水不能分开。

年纪六岁七岁时节，私塾在我看来实在是个最无意思的地方。我不能忍受那个逼窄的天地，无论如何总得想出方法到学校以外的日光下去生活。大六月里与一些同街比邻的坏小子，把书篮用草标各作下了一个记号，搁在本街上地堂的木偶身背后，就洒着手与他们到城外去，攒入高可及身的禾林里，捕捉禾穗上的蚱蜢，虽肩背为烈日所烤炙，也毫不在意。耳朵中只听到各处蚱蜢振翅的声音，全个心思只顾去追逐那种绿色黄色跳跃伶便的小生物，到后看看所得来的东西已尽够一顿午餐了，方到河滩边去洗濯，拾些干草枯枝，用野火来烧烤蚱蜢，把这些东西当饭吃。直到这些小生物完全吃尽后，大家于是脱光了身子，用大石压着衣裤，各自从悬崖高处向河水中跃去。就这样泡在河水里，一直到晚方回家去，挨一顿不可避免的痛打。有时正在绿油油禾田中活动，有时正泡在水里，六月里照例的行雨来了，大的雨点夹着吓人的霹雳同时来到，各人匆匆忙忙逃到路坎旁废碾坊下或大树下去躲避，雨落得久一点，一时不能停止，我必一面望着河面的水池，或树枝上反光的叶片，想起许多事情。……所捉的鱼逃了，所有的衣湿了，河面溜走的水蛇，钉固在大腿上的蚂蟥，碾坊里的母黄狗，挂在转动不已大水车上的起花人肠子，因为雨，制止了我身体的活动，心中便把一切看见的经过的皆记忆温习起来了。

也是同样的逃学，有时阴雨天气，不能向河边走去，我便上山或到庙里去，在庙前庙后树林或竹林里，爬上了这一株，到上面玩玩后，又溜下来爬另外一株。若所爬的是竹子，必在上面摇荡一会，爬的是树木，便看看上面有无鸟巢或啄木鸟孵卵的孔穴。雨落大了，再不能作这种游戏时，就坐在楠木树下或庙门前石阶上看

沈从文手迹

雨。既还不是回家的时候，一面看雨一面自然就需要温习那些过去的经验，这个日子方能发遣开去。雨落得越长，人也就越寂寞。在这时节想到一切好处也必想到一切坏处。那么大的雨，回家去说不定还得全身弄湿，不由得有点害怕起来，不敢再想了。我于是走到庙廊下去为作丝线的人牵丝，为制棕绳的人摇绳车。这些地方每天照例有这种工人作工，而且这种工人照例又还是我很熟习的人。也就因为这种雨，无从掩饰我的劣行，回到家中时，我便更容易被罚跪在仓屋中。在那间空洞寂寞的仓屋里，听着外面檐溜滴沥声，我的想象力却更有了一种很好训练的机会。我得用回想与幻想补充我所缺少的饮食，安慰我所得到的痛苦。我因恐怖得去想一些不使我再恐怖的生活，我因孤寂又得去想一些热闹事情方不至于过分孤寂。

到十五岁以后，我的生活同一条辰河①无从离开，我在那条河流边住下的日子约五年。这一大堆日子中我差不多无日不与河水发生关系。走长路皆得住宿到桥边与渡头，值得回忆的哀乐人事常是湿的，至少我还有十分之一的时间，是在那条河水正流与支流各样船只上消磨的。从汤汤流水上，我明白了多少人事，学会了多少知识，见过了多少世界！我的想象是在这条河水上扩大的。我把过去生活加以温习，或对未来生活有何安排时，必依赖这一条河水。这条河水有多少次差一点儿把我攫去，又幸亏他的流动，帮助我作着那种横海扬帆的远梦，方使我能够依然好好的在人世中过着日子！

再过五年，我手中的一支笔，居然已能够尽我自由运用了，我虽离开了那条河流，我所写的故事，却多数是水边的故事。故事中我所最满意的文章，常用船上水上作为背影，我故事中人物的性格，全为我在水边船上所见到的人物性格。我文字中一点忧郁气分，便因为被过去十五年前南方的阴雨天气影响而来，我文字风格，假若还有些值得注意处，那只因为我记得水上人的言语太多了。

再过五年后，我的住处已由干燥的北京移到一个明朗华丽的海边。悔既那么宽泛无涯无际，我对人生远景凝眸的机会便较多了些。海边既那么寂寞，他培养了我的孤独心情。海放大了我的感情与希望，且放大了我的人格。

（载《我与文学》）

---

① 辰河：即沅水。

# 《湖南的西北角》序言[1]

民国二十六年十二月,我和几个朋友辗转回到了湘西沅陵。由北而南一段旅行经验,已明白全国性战争意义。某时南京陷落证实,战争正逐渐向上延展,集中武汉。洞庭湖泽地带中国大谷仓的争夺战,早在有识者忖度忧虑中。如何动员湖南丰富人力和物资,已是一个重要而紧急问题。湘西就地域言,本是湖南一个单位,二十多年地方人事习惯,即近于割据分治。即此十三县地方,有时亦不免由二三实力派各自负隅,画境而守,和外面在某种意义上完全隔绝。抗战事起,虽最先即有个一二八师[2]参加嘉善国防线的保卫战,表现极好。不过地方即有个传统孤立底子,又和三省边界毗连,人民流动性大,三厅特种民族[3]且刚有问题发生,促成省政上人事新陈代谢。如何处理这一片土地,使之由不安定浑沌局面,进而明朗澄清,成为一个抗战重要基地,真值得新接手省政的张文伯[4]主席费一点心!当时最贤明的措置,即沅陵绥署的设立,由对

---

[1] 本篇发表于1947年8月2日天津《益世报·文学周刊》,并收长沙宇宙书局1947年9月版《湖南的西北角》一书。均署名沈从文。

[2] 一二八师:即由原湘西陈渠珍部改编。

[3] 特种民族:指凤凰、乾城、永绥三厅之苗族。

[4] 张文伯:即张治中,抗战初期继何键为湖南省主席。

兵役和治安有办法的人①主持其事,并训练大批青年学生下乡,作民训社训工作。一切事都无忌讳放手作去,这也可说是当局一种大胆的尝试,因为照环境情形言,这种措置是要决断利远见的。若稍有毛病,恶化蔓延影响到抗战前途,实不堪设想。

我恰恰于这个时期到了湘西,离乡本已太久,许多问题当然不免隔膜,惟大处却看得清清楚楚。国家正在一个受严重试验阶段中,战争越向上推衍,负责当局也必然越加困难。要湘西像个湘西,必需社会安定,可以作为学校、工厂、及公私物资的疏散地;还要人心兴奋,可以作出壮丁补给区。那时节在我生长小小县城里,即保有千数年富力强的下级军官,和数万体力结实性情单纯的子弟兵,都闲散在城乡家里。其他县分也还有上万杂枪散在民间。所谓湘西还有问题,问题也就是这些人的思想和行动!我明白我应当尽的责任是什么,我明白我对这地方能够作些什么事。绥署一成立,我那些大小乡亲,从游移、苦闷、消极、猜忌复杂情绪中,变成单纯而一致的,离开了他们的家,和家中豢养的青毛斗鸡与龙睛鱼,离开了果园和磨坊,离开了吃牛头肉、喝烧酒、打小牌、睡午觉的习惯,以及一切生计事业,带了自备的枪枝,自备的炊具和粮食,坐了小船小筏子,快快乐乐集中到沅陵听候点编整训了。想起绥署成立,主持其事的陈老先生由省中到沅陵那天,这些自告奋勇的武装同乡,一万人在沿河两岸欢呼情形,过不久又即分别乘了小帆船向常德集中,补充荣誉师情形,真令人永远眼湿!

十年过去了,这些良善人民,正和其他许多中国人一样,把血肉还给了国家和土地,在民族发展史上,各自尽了能尽的责任,永

---

① 与后面所说陈老先生,均指陈渠珍。

远沉默了。我那县城五千人家,每家门口各供奉了个阵亡者的木牌位,那些孤儿寡妇,每当黄昏来临时,在木牌位前沉默上香,以及此后沉默过日子种种,都仿佛近在目前。我明白那个沉默背后,实隐藏了多少辛酸!我觉得还有些责任待尽,因为那个普通的沉默,实象征中国任何一个城镇对和平的渴望。

在沅陵我住了约三个月,所接触的现实问题自然日益增多。一面是长沙临时大学、中央军校向川滇迁移过境,一面是政治学校、商学院、艺专、湖南大学,以及三十余公私中学,及无数国家机关单位陆续向上疏散,对湘西都不免怀着戒心,为安全问题而苦恼。绥署深感责任复杂重大,对物价控制,对房屋分配,对难民输送,对整个治安强化及粮役两政进行,也无一不超过想象以上烦难而多周折。还有些属于情绪隔离状态发生的问题,如地方与中央磨擦,本地与外省磨擦,自然更不容易作有效安排。我知道,我还应当为地方为国家作点事,所以到云南后又写了一本小书,名叫《湘西》,对地方各方面略加说明,希望家乡人的自尊自信心,和外来者的同情与理解,能作成一种新的调和或混和。一派祥和气氛的形成,在当时,实比任何事情还重要。

所以在我那本书的题记上即说:"这本书只能说是一点土仪,即一个湘西人对于来到湘西或关心湘西的朋友们所作的一种芹献。我的目的在减少旅行者不必有的忧虑,补充他一些不可免的好奇心,以及给他一点到湘西为安全和快乐应当需要的常识、并希望这本小书的读者,在掩卷时能对于这边鄙之地给予少许值得给予的同情,就算达到写作目的了。若这本小书还可对这些专家或其他同乡前辈,成为一种抛砖引玉的工作,那更是我意外的荣幸!"在题记上我又还说:"据个人意见,对于湘西各方面的知识,实在都十分需要。任何部门的专家，或是一个较细心谨慎的新闻记者，用'湘西'作题材，写成他的著作，我相信，都重要而有价值。因为一种比较客观的记载，它多多少少可以帮助他人对于湘西的认识。"

我的工作并不白费，这本小书直到十年后的现在看来，意义犹未完全消失。尤其是一个同乡知识分子，面临当前地方由于战争复员所感到的社会变化和经济贫乏，以及十年战争壮丁牺牲殆尽所形成的种种，引起了他对地方的责任感和无所措手足痛苦时，读了我这本小书，必然还可得到一点点新生的憧憬，以及对于地方重造所抱的勇气和信心！

十年过去了。直到我去年回北平时，方看到长沙李震一①先生一册有关湘西报告，真有空谷足音感觉。近二十年这类游记作品，大多配合社会发展而产生。就个人记忆所及，民二十以后强邻迫境，范长江先生的《塞上行》，便得到特别成功。记江西瑞金"赤区失陷"景况，陈赓雅先生为《申报》写的游记，也为人十分注意。抗战初起，作家从军日多，曹聚仁、刘尊棋诸先生的前线通讯，次霄先生的《空战纪事》，和某先生的《台儿庄》《平型关战役经过》《徐州的突围》《武汉的撤退》，都给国人一个深刻动人印象。描写沦陷景象，如《南京半月记》，叙述后方如戚长诚先生写《临时大学师生步行入滇》通信，萧乾先生写《滇缅路修筑》，都可作历史参考补充读物，民族在悲剧中的挣扎，亦无不于字里行间流注。李霖灿先生写贵州诸洞穴景物，及滇西雪山纪游，更多发前人所未发。有关后方诸省农村工矿经济人事作综合报告，有材料，有文笔，有见解，特别具有教育价值的纪事，尤应数徐盈先生几年来

---

① 李震一：时任《益世报》驻长沙记者。

在西南各省跋涉所做的一些工作。抗战后数年，战局则重在洞庭衡湘一带，戈衍棣先生的军事分析报告，足称代表作品。和平来临，军调部①进行工作时，赵超构先生的《延安一月》用笔有分寸处，令人佩服。国外通信，则自纳粹崩溃至联合同成立，萧乾先生的通信，情文斐蔚，更自成一格。直到最近，东北烽火中吕德润、张高峰二先生的通信，还是我爱读的作品。秦晋先生的《新疆游记》，材料既丰富，见解又透辟，亦可谓有心人之作。据我私见，这类作品虽有点时间性，依然值得由记者公会或所属报社为印行单行本，作全国性推销。因为这些作品，实在都比一些杂凑文学作品有骨血、有生命，而又对社会现实富于批评性。即以文章言，也大多明朗而健康，可为习作叙事范本。写故事由此入手，一支笔即较容易贴住土地人事，得到传递效果。

震一先生这个作品，叙述的问题，虽比较偏于一区域问题，置诸上述诸作中，实有其同样重要性，对于湘西明日重造设计上，尤富参考价值。有几段称引湘西夙德提到地方政治教育诸弱点，尤其有意义，值得读者深思，因为那个弱点可能也是湖南全部或中国每一地方都存在而待认识待解决的。所以在这本书付印时，特别写几句话附在书末，说说本书和个人工作因缘，并表示个人对于这类作品所具有的良好印象和敬意。

七月作于北平

---

① 军调部：即1946年组成的军事调处执行部。

## 《湘西散记》 序[1]

戴乃迭先生译的这十一篇作品，是从我的四个不同性质集子中选出的。这四个集子多完成于一九三一到一九三七几年间。正是我学习用笔比较成熟，也是我一生生命力最旺盛的那几年。第一部分取自我的《从文自传》前二章。全书完成于一九三一年夏秋间。当时我正在山东青岛大学中文系教散文习作，住处恰在公园和学校之间福山路口一座新经修理的小小楼房里。三角形院子中有三五簇珍珠梅，剪伐成蘑菇状的树端分布一串串小白花开放得十分茂盛，且散发一种淡淡清香。公园尽头便是海边，距离不过二里路远近。从窗口可望见明朗阳光下随时变换颜色的海面和天上云影（云彩且常呈粉紫色或淡绿色，为一生所仅见）。当时学校还未开课，我整天不是工作就是向附近山头随意走去。山离海较远，由于视界广阔，感觉上反而近些。夜里至多睡眠三小时。生活虽然极端寂寞，可并不觉得难堪，反而意识到生命在生长中、成熟中，孕育着一种充沛能量，待开发，待使用。就在这么一种情形下，用了三个星期时间，《自传》便已完成，不再重抄，径寄上海付印。前一部分主要

---

[1] 本篇发表于1982年2月《读书》第2期，署名沈从文。此文为英译本《湘西散记》序，外文出版社1982年版。

写我在私塾、小学时一段顽童生活,用世俗眼光说来,主要只是学会了逃学,别无意义。但从另一角度看看,却可说我正想尽方法,极力逃脱那个封建教育制度下只能养成"禄蠹"的囚笼,而走到空气清新大自然中去,充分使用我的眼、耳、鼻、口诸官觉,进行另外一种学习。这种自我教育方法,当然不会得到家庭和学校的认可,只能给他们一种顽劣怠懒、不可救药印象,对我未来前途不抱任何希望。所以在我尚未成年以前,我就被迫离开了家庭,到完全陌生社会里去讨生活。于是在一条沅水流域上下千里范围内,接受严酷生活教育约五年,经过了令人难于设想的颠连困苦、穷饿流荡又离奇不经的遭遇。从这个长长过程中,眼见身边千百同乡亲友糊里糊涂死去了,我却特别幸运,总是绝处逢生,依旧能活下来。既从不因此丧气灰心,失去生存的信念,倒反而真像是读了一本内容无比丰富充实的大书,增加了不少有用的"做人"知识。且深一层懂得"社会"、"人生"的正确含义,更加顽强单纯走我应走的道路,在任何情形下既不会因生活陷于绝望而堕落,也从不会因小小成就即自足自满。这份教育经验,不仅鼓舞了我于二十岁时两手空空来到北京城,准备阅读一本篇幅更大的新书,同时还充满了童心幻想,以为会从十年二十年新的学习中,必将取得崭新的成就,有以自见。就这么守住一个"独立自主"的做人原则,绝不依傍任何特殊权势企图侥幸成功,也从不以个人工作一时得失在意,坚持了学习二十五年。

这本小书第二部分选译了《湘行散记》中散文四篇。《湘行散记》是我于一九三三年冬还乡,经过约一个月时间写回北京家中一堆通信,后来加以整理贯串完成的。乍一看来,给人印象只是一份写点山水花草琐琐人事的普通游记,事实上却比我许多短篇小说接触到更多复杂问题。一九三三年夏,我离开学校返回北京工作,九月里成了家,生活起了根本变化。当时住在西安门内达子营一个单独小小院子里。院中墙角有一枣树和一株槐树,曾为起了个名字叫"一槐一枣庐"。终日有秋阳从树枝间筛下细碎阳光到全院,我却将一个十八世纪仿宋灯笼式红木小方桌搁在小院中,大清早就开始写我的《边城》。从树影筛下的细碎阳光,布满小桌上,对我启发极大。但是工作进行可相当缓慢,每星期只能完成一个章节,完成后就寄过天津《国闻周报》[1]发表。到十一月底,得到家乡来信,知道老母亲病转严重,要我回去看看。其时正是江西方面蒋介石集中了六十万大军,对瑞金进行"围剿",几次战役异常激烈,死亡以万千人计。我家乡地方那份割据武装[2],因和接壤的黔军争夺烟土过境税,发生小规模战事,僵持局面也搞得极紧张。公路还未通行,水路来回估计至少得一个多月时间,单独上路比较方便。因此事先和家中人约好,上路后将把沿路见闻逐一写下寄回。时天寒水枯,由沅水下游桃源县开始乘小船上行,随时停停又走走,到达沅水中游的"浦市镇"时,就过了二十二天。又赶山路三天,才到达家乡凤凰。由于小船上生活长日面对湍湍流水,十分枯寂。沿河表面上还稳定,实外松内紧,随时随地会发生事故,安全毫无保障。为了免得北京方面担心,所以每天必写一两个信,把水上一切见闻巨细不遗全记下来,且有意写得十分轻松愉快而有趣,一共写了四十几封。由浦市镇开始山行那三天,得通过一个地势荒凉的腰站。路过一个亭子,恰是十多年前几个军中熟人一同被害的地方,心情

---

[1] 《国闻周报》:综合性刊物,1924年8月在上海创刊。
[2] 指陈渠珍部。

相当沉重。夜里住小客店时，信写得反而更加使北京方面放心。到了家乡，从我哥哥处才深一层明白许多意料不到的现实问题。在外边我尽管经常被人认为"思想落后"，到家乡却肯定我是个"危险人物"。应付外边倒比较省事，家乡事便难言，一犯了疑就无从解释。唯一方法即尽早离开。除了礼貌上必需去见见我那位"老上司"，其他任何亲友都不宜拜访。因为提的问题既无从正面回答，还会出乱子。因此只陪在母亲病床边过了三天，借故北京工作紧迫，假期延长太多，匆匆返回北京了。回来途中又走了十二天，写了约二十次并不付邮的长信，说的还是路上见闻。回来后一面续写《边城》，一面整理这些信件，组成一个比较完整篇章，分别在刊物上发表。到后才集成《湘行散记》这个小册子。

这个小册子表面上虽只像是涉笔成趣不加剪裁的一般性游记，其实每个篇章都于谐趣中有深一层感慨和寓意，一个细心的读者，当很容易理会到。内中写的尽管只是沅水流域各个水码头及一只小船上纤夫水手等等琐细平凡人事得失哀乐，其实对于他们的过去和当前，都怀着不易形诸笔墨的沉痛和隐忧，预感到他们明天的命运——即这么一种平凡卑微生活，也不容易维持下去，终将受一种来自外部另一方面的巨大势能所摧毁。生命似异实同，结束于无可奈何情形中。即或我家乡"老总"①，还拥有地方武装三万人，割据湘西十三县已二十年，也难免在不易适应的变故中，失去了控制力而终于解体完事，这一切我全预料到。果然不到二年，我的忧虑就证实了。蒋介石在江西取得暂时胜利后，抽出了一个军的实力，来向地方进行兼并压迫，自然不甚费力就达到目的。上级下野，军队

---

① 指陈渠珍。

改编外调，外来"嫡系军队"侵入成为征服者，地方弄得一团糟。

第三部分从《湘西》一书中选出，共计四篇。全书着手于一九三七年冬天。抗日战争发生后，北京陷落，八月十二日大清早，我和北大、清华两校一些相熟教师，搭第一次平津通车过天津，第二天在法租界一个住处，见早报才知道上海方面已发生战事，我们的终点原是南京，由海船去上海路线已断绝，只好等待机会。过了十来天，却探听出有条英国商船可直达烟台，准备先去烟台，到时再设法乘汽车到当时还通行的胶济路中段，再搭胶济车就可到南京，一切得看气运。我们无从作较多考虑，都冒险上了船。还记得同舱熟人中有美术学院赵太侔夫妇、清华大学谢文炳夫妇、北大朱光潜教授，及杨今甫先生等等。辗转十来天，居然到达了南京。那天半夜里，恰逢日本第一次用一百架飞机大轰炸北极阁。南京方面各机关都正准备大疏散，于是我又和不少北方熟人，于三天后，挤上了一条英国客船向武汉集中。我既买不到票，更挤不上船，亏得南开大学林同济先生，不顾一切，勉强推我上了跳板，随后向船长介绍，得到不必买票的优待，且在特等舱里住了四天才离开船的。北大、清华、南开三校准备在湖南组织临时大学，到武汉转车走后，我就和几个朋友暂留武汉借武大图书馆工作。

不久就有熟人相告，延安方面欢迎十个作家去延安，可以得到写作上一切便利，我是其中之一，此外有巴金、茅盾、曹禺、老舍、萧乾等等。所以十二月过长沙时，一个大雪天，就和曹禺等特意过当时八路军特派员办事处，拜访徐特立老先生，问问情形。徐老先生明白告我们，"能去的当然欢迎，若有固定工作或别的原因去不了的，就留下做点后方团结工作，也很重要。因为战事不像是三几年能结束，后方团结合作，还值得大大努力，才能得到安定，才能持久作战。"不久带了几个朋友到沅陵我哥哥新家暂住时,湘西正由苗族头目龙云飞把提倡"读经打拳"的湖南省长何键轰下台,湘西十三县一度陷于混乱状态,一切还不大稳定。军事上后勤物资供应和兵役补充,湘西都占有特别重要地位。南京当时已失陷,武昌军事上显得相当吃紧。正有许多国家机关和教育机构向后撤退,小部分可望上移川黔,大部分却正集中长沙加紧疏散,以湘西最安全。这个大后方必需维持安定,才不至于影响前方战事。

其次是湘西二十年都被称为"匪区"(事实上只是不听南京方面随意调动)。又认为是个神秘莫测的地方。我生长于凤凰县,家中弟兄移居沅陵又已多年,这两个地区的社会人事我都格外熟悉。到沅陵不久,正值湖南省行署组织成立,新的地方行政负责人,恰是我那个"老上司"。在苗区造反驱逐何键下台的"苗王"龙云飞和我也相熟,其他高级幕僚军官更多非亲即友。我因为离开家乡已十多年,对家乡事所知不算多,对国家大事或多或少还懂得些,这次回来已近于一个受欢迎的远客,说话多些也无什么忌讳。我哥哥因此把这些同乡文武大老,都请到家中,让我谈谈从南京、武昌和长沙听来的种种。谈了约两小时,结论就是"家乡人责任重大艰巨,务必要识大体,顾大局,尽全力支持这个有关国家存亡的战事,内部绝对不宜再乱。还得尽可能想方设法使得这个大后方及早安定下来,把外来公私机关、工厂和流离失所的难民,分别安排到各县合适地方去。所有较好较大建筑,如成千上万庙宇和祠堂,都应当为他们开放,借此才可望把外来人心目中的'匪区'印象除去。还能团结所有湘西十三县的社会贤达和知识分子,共同努力把地方搞好……"我明白许多问题绝不会是一次谈话能产生影响,解决问题。因此到达昆明不久,就又写了这本《湘西》,比较有系统把一条纵横延长将达千里的沅水流域和五个支流地方的"人事"、"生产"作个概括性的介绍,并用沅陵和凤凰作为重点,人事上的好处和坏处,都叙述得比较详尽些,希望取得"辟谬理惑"的效果。而把外人对于两地一些荒唐不经的传说,试为加以较客观分析。某些方面实由于外来贪污官吏无知商人的造作附会,某些方面又和地方历史积习分不开。特别是地方政治上显明不过的弱点,新的负责人,也应当明白有许多责任待尽应尽。优点和弱点都得有个较新的认识,才可能面临艰巨,一改旧习,共同把地方搞好。这次译文恰好选的正是"沅陵"和"凤凰"两章,证明我的用心,并不完全白费。

第四部分应分说是一个纪实性的回忆录。全部计划分六段写,译文取其三段。记的是我于一九二〇年冬天回凤凰时,应一个同乡邀约,去离县城约四十五里乡村"高枧"作客吃喜酒,村子里发生一件事情的全部经过。村子不到二百户人家,大族满姓,人并不怎么"刁歪",头脑简单而富于冲动性是他的特征。和另一个村子田家三兄弟,为了一件小事,彼此负气不相上下,终于发展成为一个悲剧,前后因之死亡了二三十个人。仇怨延续了两代,他本人和惟一孤雏,若干年后,先后也为仇人冤家复仇致死。故事原只完成四段,曾于一九四七年分别发表于国内报刊中。现在保存的中间三段,原稿连缀成一整幅,系我过去托巴金代为保存,我自己却早已把它忘了。前年巴金由"文革"时期被没收后来退还的一堆旧稿中清理出来,才寄给我。保存部分虽不完全,前后衔接可以独立成篇,并且全都是亲眼见到的部分。因此用《劫后残稿》题附在香港重印的《散文选》后边,作为一个纪念。

重读这个选本各篇章时,我才感觉到十分离奇处,是这四个性质不同、时间背景不同，写作情绪也大不相同的散文，却像有个共同特征贯串其间，即作品一例浸透了一种"乡土性抒情诗"气氛，而带着一分淡淡的孤独悲哀，仿佛所接触到的种种，常具有一种"悲悯"感。这或许是属于我本人来源古老民族气质上的固有弱点，又或许只是来自外部生命受尽挫伤的一种反应现象。我"写"或"不写"，都反应这种身心受过严重挫折的痕迹，是无从用任何努力加以补救的。我到北京城将近六十年，生命已濒于衰老迟暮，情绪却始终若停顿在一种婴儿状态中。虽十分认真写了许多作品，它的得失成毁都还缺少应有理解。或许正如朱光潜先生给我作的断语，说我是个喜欢朋友的热情人，可是在深心里，却是一个孤独者。所有作品始终和并世同行成就少共同处，原因或许正在这里。

一九八一年九月于北京